尚梧はいつもこんなふうに、さりげなく凛の世話を焼いてくれる。親が共働きのうえ一人っ子の凛にとって、こんなふうに接してくれる尚梧の手はずっと特別なものだった。昔も、いまも変わらず。

初恋《はつこい》のソルフェージュ

桐嶋《きりしま》リッカ

ILLUSTRATION
古澤《ふるさわ》エノ

CONTENTS

初恋のソルフェージュ

初恋のソルフェージュ

1

初恋って抜けない棘《とげ》に似てると思う。

年々小さくなって少しずつ記憶から薄れていくのに、ふとした瞬間にチクリと刺さってはその存在を思い出させるのだ。


「つーか、凜《りん》のは現在進行形なんだろ？」

「まあ、そうなんだけどさ……」

友人の的確な突っ込みに思わず言葉を濁らせると、沢村《さわむら》凜は今日何度目かの溜め息をマフラーの隙間からそっと零《こぼ》した。二月の冷え切った空気に、フワリと白い花が咲く。すっきりとおった鼻梁をかすめて、その名残りが長く揃った睫《まつげ》にまとわりつくのを、凜は数度の瞬きで散らした。

天気予報士の言葉を信じるなら、今日はこの冬いちばんの冷え込みなのだという。地下鉄コンコースから地上へと続くエスカレーターが、やけに閑散としているのもそのせいだろう。週末ともなれば買い物客で賑わい、活気や喧騒《けんそう》に満たされる吹き抜けホールをいま支配しているのは、無口なビジネスマンたちの足音と無機質なエスカレーターの稼動音だけだった。

「過去形になったと思ってたんだよね」

冷えたコンクリートに落ちた視線を追いかけるように、薄茶色の髪が憂いを含んだ瞳に被《かぶ》さる。スニーカーの中で凍えている爪先にじっと目を凝《こご》らしながら、凛は節《ふし》の目立たない指先でそれを掻き上げた。露《あらわ》になった中性的な顔立ちに、伏せた睫毛や引き結ばれた唇が翳《かげ》りを落とす。同性にまで「美人」とからかわれる容貌にやるせなさを滲《にじ》ませながら、凛は少しだけ首を横に傾げた。

「もしかしたら、そう思い込もうとしてただけかもしれないけど……」

吐き出した白い息が、ゆっくりと宙に溶けていくのを見送る。

円形の吹き抜けをぐるりと囲むガラス壁のおかげで、辛《かろ》うじて木枯らしの吹きつけだけは免れているものの、ホールを満たしている空気は外気温とほぼ変わらない。地下二階までを見下ろせるスペースにはいくつかのソファーが設置されていたが、こんな日にわざわざそんなところに留まって話をしているのは、よほどの物好きか金のない学生に限られるだろう。

「違ったってわけだ？」

「……うん」

小さく頷《うなず》きながら、カフェラテの容器を握る手に少しだけ力を込める。手袋越しにじんわりとした温かさが伝わってきた。

もどかしい熱が触発する記憶。

（尚梧《しょうご》さんの手はもっと温かかったな……）

そう思い返すと、またチクンと胸のどこかに棘が刺さるような痛みがあった。

自分ではもうとっくに終わった恋だと思っていたのに、そうではないと思い知らされたのがちょうど一ヵ月前、年が明けてすぐのことだった。新年を祝うべく本家に集まった親族たちの間に、数年ぶりに会う年上の従兄《いとこ》、衛藤《えとう》尚梧の姿を見つけた瞬間――。

自分の恋がまったく終わってはいなかったことを、凜は己の胸の異常なほどの高鳴りで知った。

それよりも前に会ったのは二年前だ。凜の家に遊びにきていた伯母《おば》を、車で迎えにきた尚梧と二言三言、玄関先で言葉を交わしたのが恐らくそうだ。あのときよりも数段男らしくなった容貌を目にした途端、あるいは自分は二度目の恋に落ちたのかもしれなかった。

『痩《や》せたな、ちゃんと食べてるのか？』

そう言って無造作に触れてきた手の感触を、あれから何度思い返していることか。

「初恋を引きずるのって不毛かなぁ……」

「何年越しなわけ？」

「もう、七年かな」

何かというと本家に集まりたがる一族の中で、最年少だった凜を何くれとなく構ってくれたのが、一回りも年の違う尚梧だった。

年の近い従兄たちと違い、体の弱かった凜を常に気遣ってくれた尚梧のことを兄のように慕っていたけれど、それが実は恋に近いのを知ったのが九歳のとき。女性連れで歩く尚梧を街中で見かけた途端、カッと燃え盛るような気持ちに駆られて、凜はその日から数日間、熱を出して寝込んでしまった。

それが嫉妬だと知ったのはもう少しあとのことだったけれど、できればその女性に成り代わりたいと願ってしまったあの日の気持ちは、いまも変わっていない。

思えば多少の後ろめたさを感じつつも、会えば構ってくれる尚梧に無邪気にじゃれついていたあの頃が、いちばん幸せだったのかもしれない。大学在学中に友人たちと事業を起《た》ち上げた尚梧は、次第に多忙を極めるようになり、親族の集まりにもそうそう顔を出さなくなっていった。今年の初めに本家に顔を出したのも、実に三年ぶりのことだった。

「自分では諦めたつもりでいたんだけど……」

「ま、根深いもんかもしんねーな。何しろ、オクテな凜くんの初めての恋なわけだし？」

揶揄《やゆ》含みの笑みで口角を引き上げながら、カテゴライズでいえば「親友」に分類されるだろう高島《たかしま》遼《りょう》が、物見高げにこちらの顔を覗き込んでくる。その視線を右手で遮《さえぎ》りながら、そういえばこの無節操な男の初恋はいったいどんなものだったんだろう、と凜はふと興味に捉われた。

「そういうリョウの初恋は？」

「ああ、俺？　俺はねェ、誘って落として、フッて終わった。正味一ヵ月だったかな？」

「……へーえ」

後悔先に立たずとはよく言ったものだ。そんな話聞かなきゃよかったと心から思いながら、温《ぬる》くなりはじめたラテを一口含んで舌先に乗せる。ガラス越しに見上げる空は、いまにも雪を振るい落としそうなミルク色に染まっていた。

「カテキョのセンセだったんだけど、あっさり俺の誘惑光線に引っかかってくれてね。俺のバージン持ってってくれたよ」

隣では懲《こ》りない友人が、なおもペラペラと事の顛末《てんまつ》を語り続けている。

「別に聞いてないよ、そんなこと」

「いまどき貞操観念なんて古い古い。処女なんかさっさと捨てとくに限るぜ？」

「ハイハイ」

「あ、なんなら凜のバージン、俺がもらってやろっか」

「とりあえずその口、閉じてくれる？」

すげない言葉でひとまず友人を黙らせると、凜は溜め息交じり、物憂げな視線を宙に据えた。

男の身で叶うとも思えない望みを抱いたまま中学に上がった凜は、この不遜《ふそん》な口を利く友人・高島に出会い、もしかしたらこの恋にも成就の可能性があるのかもしれないと思うようになった。

だがそんな希望はパーセンテージで言えば、わずか一パーセントにも満たない確率でしか叶わない夢であることも、充分わかっているつもりだ。けれど理屈では割りきれない感情が年明けからこっち、凜の胸をずっと支配していた。

「なんだよ、ずいぶん煮詰まってんじゃん。玉砕覚悟《ぎょくさいかくご》で告白してみれば？」

「ダメだよそんなの。これからも親族としての付き合いがあるわけだし……尚梧さんに迷惑をかけるわけにはいかないから」

その言葉に嘘があるわけじゃない。迷惑をかけたくないというのは本当、でもたぶんそれ以上に軽蔑されるのが怖いのだ。大人だから、その場はうまく立ち回ってくれるかもしれない。けれど、自分との間に線を引かれるのが怖かった。

もうあんなふうに、優しい眼差しを向けてもらえなくなるかもしれない……。

その可能性を考えるだけで心臓が竦《すく》むような心地になる。

(だったら、いまのままでいい)

たまにしか会えなくても、以前のように頭を撫でてもらえる弟のような存在でいたい。

(――そう思うのに)

尚梧に縁談話があることを知ったのも、正月の席でだった。

尚梧自身はあまり乗り気ではないらしいが、見合い好きの祖母がずいぶん熱心に話を進めているのだという。その話を聞いた瞬間、凜は見たこともないその相手に滾《たぎ》る嫉妬と羨望を覚えた。

このままいけば、いつかあの人は誰かのものになってしまうだろう。

それならせめてこの気持ちだけでも、知ってもらいたい。

自分の思いを、心のどこかに刻んで欲しい。

(でも……)

いくら考えても思考はループするばかりで、ここ一ヵ月、凜は出口の見えない迷路に迷い込んだような心地でいた。

「まあ身内相手じゃちょっと考えるよな。カミングアウトするようなもんだし――って、凜はべつにゲイってわけじゃねーか」

俺は真性だけどね、と笑った高島がポンと凜の肩を叩く。

「これじゃ試験休みをエンジョイ、ってわけにもいかねーよな」

「……誘ってくれたのに悪いね」

年明けからこっち、塞《ふさ》ぎがちだった自分を気遣ってくれたのだろう。『前売りもらったから映画に行こうぜ？』という高島の誘いがなかったら、きっと自分は一度も家を出ずに一週間の試験休みを終えていたはずだ。

「悪いと思ってんならキスのひとつでも……」

「ない。それはない」

軽いノリで返してくれるのがいまはありがたかった。

高島に打ち明けることでずっと溜め込んでいた気持ちが、少しだけ軽くなった気がした。身なりも身持ちも軽くて、口先だけで生きてるような男ではあるけれど、高島は本当のことしか言わない。何よりも本心を打ち明けられる友人がいるというのは幸せなことなんだろう。

「ま、思うのは自由だし止めらんねーよな」

片耳だけに留まったピアスを弄《いじ》りながら、高島がコンタクトで薄茶色に変わった虹彩を空に向ける。

吹き抜けを斜めに横切るエスカレーターが、ミルク色の空をバックにゆっくりと稼動していた。

（あ、れ……？）

ふいに見知ったシルエットが視界の端に映った気がして、目元をこする。

正直ここしばらく、あまり眠れていない。もしかして睡眠不足のせいだろうか？　ウールコートに身を包んだ尚梧が、颯爽《さっそう》とエスカレーターで降りてくるのが見えた。

「どうしよう……幻覚まで見えてきちゃった」

「へ？」

涼しげな目元に理知的な眉、一八〇をゆうに超える長身。艶《つや》のある黒髪を掻き上げる仕草などまさに尚梧そのものだ。ストイックなビジネスモードに身を包んでいるにもかかわらず、滲み出るフェロモンが目に見えるようだ。昇りのエスカレーターで擦《す》れ違った女性が、振り返ってまで尚梧の姿を視界に留めてしまう気持ちが凜にはよくわかった。大人の男を謳《うた》うようなヘリンボーンのコートが、怖いくらい似合っていて目が離せない――。

凜の注視に気づいたのか、ふいに『幻覚』の尚梧と目が合った。

「凜！」

途端に名前を呼ばれて、息が止まりそうになる。

（え、本物？）

戸惑っている間に、エスカレーターを降りて通路を回ってきた尚梧が目の前に立った。大きな掌《てのひら》がわしわしと凜の髪を掻きまぜる。

「え？」

（なんで、こんなところに――）

状況がつかめず、ひたすら瞬きをくり返していると、「大丈夫か？」と尚梧の温かい掌が頬《ほお》に添えられた。温かいというよりも熱い体温が、外気で冷えきった凜の頬を焼く。

「尚梧さん……」

その痛いほどの熱感が、ようやく凜の意識に現実感をもたらしてくれた。

目の前にいるのは紛れもなく、自分が長年恋焦がれている相手だ。

「お、この人が？　お噂はかねがね、つーか、さっきもあなたの話で盛り上が……グフっ」

口の軽い友人を素早く肘鉄《ひじてつ》で黙らせると、凜は慌ててソファーから立ち上がった。高校に入って身長はずいぶん伸びたけれど、それでも尚梧との差はまだ十センチ以上ある。間近で目が合うのが照れくさくて、凜は俯《うつむ》きかげんに呟きを落とした。

「どうして、こんなところに……」

「それは俺の台詞《せりふ》だな。学生は学校にいる時間なんじゃないのか」

考えてみれば、平日のビジネス街にビジネスマンがいるのはあたり前の話だ。そういえばこの界隈《かいわい》にオフィスを構えているのだと、伯母さんが話していたのを思い出す。

「あ、俺はいま試験休み中で……っ」

けしてサボっているわけではないのだと、そう主張するために慌てて顔を上げたところで、すぐそこで微笑んでいた尚梧と思いきり目が合った。

（う、わ――）

このタイミングで赤面するのも変だろうと思いつつ、頬が熱くなるのを止められない。

年明けに思いを再確認してからというもの、どうも以前より恋心が募《つの》っているような気がしてならなかった。自分で自分の感情をうまくコントロールすることができない――。

だがそれをどう受け止めたのか、尚梧は少しだけ目を細めると凜のマフラーに手をかけた。

「なんだ、サボってるわけじゃないのか」

「う、うん。ちょうど学校の入試期間とも被ってるから、試験休みと合わせると一週間も暇で、だから今日は友達と映画を……」

「なるほど」

一度解いたマフラーを凜の首に緩く一巡させてから、尚梧の手が柔らかく結び直すのを間近で見つめる。どうやら熱くてのぼせていると勘違いしてくれたようだ。

尚梧はいつもこんなふうに、さりげなく凜の世話を焼いてくれる。親が共働きのうえ一人っ子の凜にとって、こんなふうに接してくれる尚梧の手はずっと特別なものだった。昔も、いまも変わらず。

「残念だな、共犯者になろうと思ったのに」

「え？」

「ちょっと遅いけど、ランチでもどう？」

そう言って微笑んだ尚梧の視線が、ソファーに座ったままの高島の方へも注がれる。

「あ」

そういえば高島と一緒だったんだっけ、とうっかり存在すら忘れかけていた友人を振り返ったところで、尚梧の手にしていたスマートフォンが軽やかに着信を告げた。

「ちょっと失礼」

一言断りを入れてから、ソファーを離れていくウールコートの背中を見送る。

「友情ってすげえ果敢《はか》ないもんだよなー」

「……ゴメン」

白々とした視線が突き刺さるのを感じながら、凜は素直に頭を下げた。

友人の紹介すらせずに舞い上がっていた自分がいまさらながらに恥ずかしい。まだ少し熱い頬を片手で覆《おお》いながら、凜はストンと高島の隣に腰を下ろした。

「すっげー男前。なんつーの、野獣系？　三股四股アタリマエみたいな。女がいないとは思えないんだけど？」

「……だから悪かったってば」

それに関しては悲しいことに、凜もまったくの同意見だった。

本人のいるいないにかかわらず、本家の集まりでも何度となく尚梧の派手な女性関係については取り沙汰されていた。口さがない噂話にいちいち聞き耳を立てていた凜も、話題に上る女性が二十人を超えたところで数えるのを諦めてしまったくらいだ。

その現状を「だらしない」と嘆く向きより、祖母を筆頭に「頼もしい」と持ち上げる人間が周囲に多いことも、女癖の悪さを助長している要因のひとつだろう。だがそれを差し引いたとしても、尚梧には異性の気を引く天性の何かが具《そな》わっている気がしてならなかった。

(そんなの、充分わかってるよ……)

何もいまさらこの場で念を押される必要性はないはずだ。高島のささやかな意趣返しにシュン……と俯いたところで、急に伸びてきた手がぐるぐると凛の猫っ毛を掻き回しはじめた。

「ちょっ、何……っ」

咄嗟《とっさ》に逃げようとした体をもう片方の手で押さえ込まれて、そのまま一方的なスキンシップに晒《さら》されるはめになる。

「いや、ちょっとした実験?」

「は、何の」

「いいからいいから、はーいイイコ」

「……いや、あのワケわかんないから」

突然の暴挙についていけない凛を置き去りにしたまま、にっこりと笑った高島の指先が今度は凛の喉《のど》元をくすぐりはじめる。

「はーい、ゴロゴロいってごらーん?」

「――――」

いったいどこの猫をあやしているつもりなのか。高島の真意はいまだ見えない。

「なんか意味あるの、コレ……」

「それはあとのお楽しみ。つーか、予想以上の効果で笑えるんだけど。うーわどーしよ。俺、視線だけで殺されそー」

「さっきから話が読めないんだけど」

「アレだよ、アレ。初恋は叶わないとかさ、よく言うじゃん？」

「――知ってるよ、それくらい」

またさらに嫌がらせのつもりだろうか。なおもしつこく絡んでくる手を振り落としたところで「はい、スキあり」と今度は耳元に唇を寄せられた。

「でもおまえのは案外、叶っちゃうかもね」

「え……」

（どういう意味だ？）

言葉の意味を問《と》い質《ただ》す間もなく、高島はおもむろに立ち上がるとポケットから取り出したスマートフォンを弄りはじめた。

「さーて邪魔者は退散しよーっと。今日は誰とヤロっかなー」

「ちょっと待って、いまのどういう……」

「シッ」

三秒後に繋がった相手と二言三言交わしただけで夕飯の約束を取りつけると、高島は用済みになった端末をブルゾンのポケットに滑り込ませた。

「んじゃ俺これからデートなんで、あとは二人で食事なりホテルなり、お好きにどうぞ？」

「ちょ…っ、リョウっ！」

「聞こえませーん」

凛の引き止めを無効にするように首から下げていたヘッドホンを耳に被せると、高島は一度だけ大きく手を振ってからすぐに地下鉄コンコースへと消えていった。

「ワケわかんないよ……」

意味深な言葉とともに置き去りにされて、凛の頭に浮かぶのは無数のクエスチョンマークのみだ。

それからほんの少しの、希望。

（叶うわけない、叶わなくていい——）

ずっとそうやって戒めてきた恋心が、高島の台詞でわずかだけれど、宙に浮き上がってしまったような気がした。ほぼ一〇〇パーセントに近かった諦めに、一パーセントだけ混入してしまった「もしかして」という期待。

（希望的観測なんて抱きたくないのに……）

でも本音を言えば、絶望的観測ばかりを言い聞かせる日々に少し疲れてしまったのだ。

（ほんの少しだけ……夢見るくらいは許されるだろうか）

通話を終えた尚梧が近づいてくるのを視界に留めながら、凛は焦がれて止《や》まない尚梧の視線が、いまは自分だけに注がれているのを感じた。

「悪い、待たせたな。友達は？」

「あ、用事があるって……」

「フウン、威嚇《いかく》が利いたかな」

「え？」

「何でもない。午後の仕事はほかのヤツに回したよ。だから今日はもう自由の身だ。どこかいきたい場所があれば連れてってやるよ」

「……本当に？」

「俺がおまえに嘘ついたことあるか」

そう言って差し出された手に片手を載せると、思いがけない力強さで引き上げられた。よろけそうになった体を、腰に添えられた尚梧の手が支える。

「今日は一日、凛の専属運転手だ」

そのまま耳元で囁《ささや》くように言われて、一瞬これは夢を見てるのかもしれないと思う。

夢なら夢で構わない。いつか醒めてしまうのだとしても、今日一日この人を独り占めできるのなら。

「ひとまず、俺の腹ごしらえを優先してもいいか？」

「もちろん！」

腰に回った尚梧の腕に支えられながら、凜はウールコートに並んでエスカレーターを昇った。

「ところで、さっきの子とは仲いいの？」

腰を支えていた手がふいに持ち上がり、高島に乱された凜の髪を整えるように優しく撫でる。丁寧《ていねい》に髪をすいてくれる指先が嬉しくて、凜は目元がほのかに熱くなるのを感じた。

「あ、うん。高島っていうんだけど、いまいちばん仲いいかも。家も近いんだよ」

「男同士でつるんでるトコ見ると、二人とも彼女いないな？」

「アハハ。まあね」

（……確かに彼女はいないよね、高島に）

いつだったか「セフレは常に三人はキープしてるよ」と邪気の欠片《かけら》もなく笑った高島のえくぼを思い出したところで、ちょうどエスカレーターが終わった。

ステップから踏み出した凜の背に、また尚梧の掌が添えられる。

「じゃあ、彼氏は？」

「え」

咄嗟に立ち止まりかけた凜の背中を、回された尚梧の掌が緩やかに前へと押し出した。

「――なんて、冗談だよ」

タイミングを外さずにつけ加えられた台詞に思わず安堵の息をつきながら、凜はその不自然な嘆息を誤魔化《ごまか》そうと、あとに続く言葉を急いで繋いだ。

「じゃあ、そういう尚梧さんは……」

（あ、しまった）

いきなり核心を突く台詞を言ってしまった口元を押さえてみるも、何の効果があるわけもなく。唇を掌で覆いながら、凜は上目遣いに傍《かたわ》らの尚梧の様子を窺った。

（答えなんて決まりきってるのに――）

女がいないとは思えない、という高島の言葉がぐるぐると脳裏をめぐって離れない。いて当然、そう心で構えながら凜は尚梧の答えを待った。けれど。

「いないよ、どっちも」

「え……？」

覚悟していたものとは正反対の言葉が返ってきて、凜は反問とともに今度はその場で歩みを止めてしまった。そんな凜の背中を、尚梧が笑いながら先へとリードする。

「参ったな、そんなに驚かれるほど意外？」

「や、だって……」

「その分じゃ俺の悪口、本家でずいぶん吹き込まれてるな。あんなの半分デタラメだからな？　学生の頃ならまだしも、仕事はじめてからは忙しくて恋なんかする暇もない」

「そう、なの……？」

「そ。だから今日は本当に凜の専属。途中で無粋な呼び出しがかかることもないよ」

その言葉だけで、凜は靴底が地面から一センチ浮き上がったような気がした。

心というものは本当に、なんて単純にできているのだろう。

「こっちに車停めてあるから」

並木道の間を抜け、慣れたエスコートに導かれながら尚梧の愛車まで案内される。恭《うやうや》しくセダンの扉を開いた尚梧の手が、優雅に宙をスライドして助手席シートを凜に示した。

「さあ、どうぞ」

こんなふうに、きっと何人もの女性をこの車に乗せてきたんだろう。

でも今日は自分だけがこの車に乗ることを許されている——そう思うだけで緩みそうになる口元を、凜はシートベルトと一緒にきつく引き締めた。

「もう一時半か……あそこならぎりぎりランチに間に合うかな。凜は辛《から》いものが苦手だったよな？」

「うん。少しくらいなら平気だけど」

信号待ちで車が停まったのを機に、尚梧が電話でどこかに予約を入れる。ほどなくしてセダンは、南青山《みなみあおやま》の一角のパーキングに入った。この近くに海外でも有名なシェフの名を冠した、フレンチレストランがあるのだという。

「本当は夜景がきれいな店なんだけどね。できれば夜に連れてきたかったよ」

エントランスで名前を告げると、二人はすぐに見晴らしのいいダイニングルームの奥へと案内された。茶系のグラデーションで統一された内装や、控えめながら存在感のあるシャンデリアがシックな雰囲気を醸《かも》し出している。それだけでも凜の年頃で気軽に入れるような店ではないと知れる。だが尚梧と一緒にいる安心感が、そんな気後れを凜に感じさせなかった。

「昼間の眺望も悪くはないかな」

促されて振り返ると黒い額縁のような窓枠の向こうに、白い空をバックにそびえる東京タワーが見える。尚梧の言うとおり、ここから見える夜景はさぞかしきれいに街を彩っていることだろう。

「適当にアラカルト頼んじゃったけど、凜、ラム食べられたっけ？」

「あ、平気。最近食べられるようになったんだ」

「へーえ。おまえも成長してるんだなぁ……。まったく、俺も年取るはずだよ」

「また。そんな年じゃないでしょ」

久しぶりに会う従兄との会話を弾ませているうちに、尚梧に任せたオーダーが次々と運ばれてくる。真っ白いテーブルクロスを色とりどりの料理が飾っていく様は、見ているだけでも楽しかった。

（そういえばあの話、どうなったのかな……）

途切れない会話を続けながら、ふと凜は正月の本家で持ちきりになっていた話題を思い出した。食事も半ばをすぎたところで、ようやく口にするタイミングを得る。

「尚梧さん、そういえばお見合いって……」

「ん？　あー、あれな。母親とばーさんが勝手に盛り上がってるんだよ」

「そうなの……？」

「俺自身はまだ結婚なんて考えてもないし、まだまだ、気楽な身分を捨てる気にはならないからな」

そう言って、指輪のない指を閃《ひらめ》かせて尚梧が笑う。――それはそれで凛的には心休まらない宣言にほかならないのだが、少なくとも今日だけは、尚梧を独り占めにする権利は自分だけが持っているはずだから。安心した途端、急に満腹感が込み上げてきた。

「なんだ、もういいのか」

「うん、お腹いっぱいだから」

「じゃあ、コレもらうぞ？」

「尚梧さん、よくそんなに入るね」

「実はまだ成長期でね」

凛が遠慮した皿を、伸びてきた手がテーブルの向こう岸へと攫《さら》う。

どちらかというと少食な凛とは正反対に、尚梧の食欲はいつ会っても驚くほど旺盛だ。マナーを心得た所作はどれも優雅なのに、その様はどこか肉食獣の捕食シーンを思わせた。

唇の端についたソースを親指で拭ってから、赤い舌先がそれを舐め取る。たまに交じるそういった粗野な仕草が、ただの食事風景をどことなく官能的に演出しているのかもしれない。

知らず吸いよせられていた視線の先で、おもむろに尚梧がカトラリーを置いた。

「暑いな……」

摂取したカロリーの分だけ、シャツの内側に体温がこもるのだろう。タイを緩め、上から二番目までのボタンを外した尚梧が、無作法に手で扇《あお》いだ風を鎖骨の下に送る。

（う、わ……）

左胸で痛いほどに心臓が鳴った。

隙のなかったスーツが崩れたせいで、いままで辛うじて内側に閉じ込められていた何かが急激に解放されたような錯覚を覚える。

例えるならばこれは、圧倒的な男のフェロモンだ。

逃れることを許さない、蠱惑《こわく》に満ちた野獣のオーラ――。

（これだ）

相対した異性は皆このフェロモンに一発で落とされてしまうのだろう。

しかもどうやら尚梧自身は、見ている限りまったくの無自覚らしい。

（……ほら、もう引っかかってる）

少し離れた席にいる女性客が二人、尚梧に色目を送っているのを凛は見逃さなかった。

こんな誘惑を無意識下で垂れ流しているとは、なんて始末が悪いのだろう――。この分ではどこへいっても、心休まる時間など得られそうにない。

ほどなくして食事を終え、店をあとにする。

「さて、どこへいこうか」

駐車場に着くなり求められたリクエストに、凜は迷わずある場所の名前を告げた。

遅めのランチを取ってから銀色のセダンが向かった先は、凜がいきたいと告げた真冬の海だった。

いまにも雪を降り零しそうな空を、車の窓ガラス越しに眺める。なんだかあのミルク色の空すら、ずっと見ていると偽物のような気がしてくるから不思議だ。

「わあ、誰もいない…」

「いま外に出たら、確実に凍死できそうだな」

冗談めかした尚梧の台詞が信憑性《しんぴょうせい》を帯びそうなほどに、冬の砂浜は寒々としていた。冷たい海風に晒された砂が、眺める風景の底をさらさらと絶えず流れている。

海辺の駐車場に入って、もう数分経つだろうか。停まっている車は一台きり。ふと黙り込んだ時間の隙間に、黒々とした海のうなりと絶え間ない風の音とが入り込んでくる。

海が見たいなんて言ったのは、二人きりになりたかったから——誰かの目にこれ以上、尚梧の姿を晒すのが嫌だったからだ。けれど思惑《おもわく》どおりになったこの状況を意識した途端、凜の心臓は急に早鐘を打ちはじめた。さっきまで普通に喋《しゃべ》れていたのが嘘のようだ。

(息って、いつもどうやってしてたっけ……)

隣に座る尚梧のわずかな呼吸音すら、集音機で集めているかのように敏感に拾い上げてしまう自分の耳が憎い。そのたびに逸《はや》る鼓動をいつ知られてしまうか、さっきから気が気ではない。

「えっと……試しに外出てみる……っ」

「え、凜？」

緊張の臨界点を迎えそうになって、凜は素早くシートベルトを外すと尚梧の返事を待たずに外へと飛び出した。

（体が、熱い……）

凍った海風が、いまはむしろありがたいほどだ。

火照《ほて》った頰を両手で押さえながら、浜辺へと降りる階段へ小走りに向かう。

「待てよ、凜」

すぐに背後でドアの閉まる音が聞こえた。

「無茶するなって」

「……あ」

追いかけてきた尚梧に頭からボアジャケットを被せられて、ようやく自分が上着を着ないまま飛び出していたことを知る。振り返ると、呆《あき》れたように笑う眼差しと目が合った。

「今日はなんだか落ち着きないな。どうした、試験結果でも悪かったか」

「そういうわけじゃ……ないんだけど……」

極度の緊張で息もできなかったから、なんて素直に言えるわけがない。

むしろ、状況はさっきよりも悪化したかもしれない。尚梧の視線を意識しただけで、ジャケットのボタンを留める指先が小刻みに震えてしまうのを止められない。

「貸してみ」

見かねた尚梧に促されて、凜は胸元に視線を縫いつけたまま、伸びてきた手に体を委《ゆだ》ねた。

唇までが震えてしまうのを、気づかれないよう噛《か》み締めて堪《こら》える。

「こう寒くちゃ、指先も動かないよな」

まるで子供の世話を焼くように、ボタンのひとつひとつを丹念に留めながら尚梧が白い息を零す。

その白さが自分の息の白さに重なるのを眺めながら、凜はじっと尚梧の指先を見つめた。

「どうして……」

「ん？」

「——何でもない」

急に涙が溢《あふ》れそうになって、慌てて目元に力を込める。

こんなふうに子供扱いされるのが嫌なわけじゃない。いつまでもこういう関係が続けばいいとさえ思っていたはずなのに……。なぜだかいまは、それが急に悲しく感じられた。

（どうしてなのかな）

それは、芽生えてしまった一パーセントの希望のせいなのだろうか？

この手に優しくされるのが自分だけだったらいいのに——そう思ってしまう気持ちを止められなく

なっていることに気づく。心の奥底にしまい込んでいたエゴが急速に膨《ふく》らんでいくような気がした。

「どうした？」

押し黙った凜を気遣うように、尚梧の手が頬に添えられる。

その熱いほどの体温を、緩く首を振って散らすと、凜は努めて笑顔を浮かべた。

「ううん。ちょっと酔っちゃったみたい…」

我ながらうまい理由を見つけたなと思う。これなら青褪《あおざ》めた顔色も、さっきからの落ち着きのなさも道理だと思ってもらえるはずだ。

「なら、少し歩くか」

「うん」

海岸に向かって歩きはじめたウールコートを追って、砂浜へと続くコンクリートの階段を降りる。

白い砂に足を踏み出すと、靴底でサクリと砂の崩れる感触があった。

ひと足ごとにサクサクと、砂浜が小さな囁きを零す。真冬の海をわざわざ眺めに来るのがどれだけ酔狂なことかは、無人の周囲を見れば一目瞭然だった。

見渡す限り動いているものは波と砂だけ。

どこまでも続きそうな砂浜を尚梧と二人、ゆっくりと歩く。

（この浜辺が終わらなければいいのに……）

風と波の音しか聞こえない砂浜は、まるで世界に二人きりしか存在しないかのように思えた。

天国の果てに縁《ふち》があるとしたら、きっとこんな浜辺に違いない。

そんな想像をしてみる。それは幸福で、けれど物悲しい妄想――。

天国がこんなにも寂しい場所だったら、きっと誰もいきたがらないだろう。

それでも尚梧と一緒だったら、どんなところでも自分にとっては天国になるから。

(あなたさえいてくれたら、ここが地獄でも構わない)

恋は盲目、恐ろしいほどに――。

こんなにも想われていることを知ったら、尚梧はどうするだろうか。

驚く？　それとも迷惑がる？

「寒くないか」

吹きつける風に攫われそうになっていた声を拾って、ふと我に返る。

視線を上げると、心配げにこちらを見つめている尚梧の眼差しとぶつかった。

「うん、大丈夫」

「一回でもクシャミしたら、車に強制連行するからな」

「平気だってば、もう昔ほど体弱くないし」

一歩ごとに白い砂が爪先にまとわりつくのを、軽く蹴《け》りながら前へと進む。

髪を撫で、ジャケットの裾《すそ》を翻《ひるがえ》し、服の隙間へと入り込む風は確かに冷たかったけれど、昂《たかぶ》っていた気持ちを静めるにはちょうどよかった。

(――本当はわかってるんだ)

この砂浜が、この時間が永遠に続くことなんてないように。

いまのこの関係だっていつまでも続く保証はどこにもない。例えば尚梧が誰か特定の相手を見つけ、身を固めてしまえば『従弟《いとこ》』だからなんて繋がりは簡単に断ち切れてしまうだろう。それでも。

「凛」

数歩先で片手を差し出してくれていた尚梧に小走りで追いつく。節の目立つ長い指に右手を捕られて、そのままコートのポケットにしまわれた。

(暖かい……)

それでもこの手の温もりを、永遠に失ってしまうよりはずっといい――そう思ってしまうのだ。

だからせめて今日だけでもこの人の手を、存在を、独り占めさせて欲しい。誰にともなくそう祈ってしまう弱さを、いつかきっと強さに変えてみせるから。

(だからいまだけ――……)

尚梧の体温により添いながら、ミルク色の空の底で灰色に渦巻く海を見つめる。

「好きだ」

「え……?」

胸のうちに沈めておいた言葉が、いつのまに声になってしまったのかと思った。

ポケットの中で繋いでいた手に痛いほどの力がこもる。

「……やっべえ、言っちまった」

足を止めると同時に、盛大な溜め息をつきながら尚梧が乱暴な仕草で髪を掻き上げる。

(何を……言ってるの……?)

尚梧の力が緩んだ隙に、ポケットから逃がした手をまた空中で捕らわれた。

「……ッ」

「逃げるなよ、頼むから」

「や、尚梧さ……」

「本当はこんなこと言うつもり、ぜんぜんなかったんだよ。だけどおまえ見てたら堪《たま》らなくなった」

「何、言って……」

(好きって、誰が誰を?)

もしかしたら気づかないうちに、本当に夢の境界線を越えてしまったんだろうか?

こんなことが、現実に起きているなんて信じられない。

「凛」

目が合った途端、今度はきつく抱き竦められた。

(——……っ)

怖いくらいの熱に全身を囚《とら》われて、思わず呼吸を忘れる。身動きもできないほど抱き締められながら、熱い吐息を耳元に吹き込まれた。

「正月におまえを見たときも、ヤバイなとは思ってたんだけど……抑えきれなかった」

「何の冗談……」

「冗談なんかで言えるかよ、こんなこと」

風に掻き消されそうなほどかすれた声で、もう一度耳元に「好きだ」と囁かれる。

「うそ……」

背中に回された腕が、またきつく凛を抱きよせた。

「嘘じゃねーよ」

「俺がおまえに嘘ついたことあるか」

頬に押しつけられた肩口から、じわじわと尚梧の体温が沁みてくる。波の音よりも、風の音よりも近いところから、尚梧の鼓動が聞こえてくる。

（こんな状況を何度夢見ただろう……）

けれど——だからこそ、よけいに信じることができない。

あまりに都合がよすぎて、現実だなんてとても思えなかった。逆に夢なのだとしたらこれ以上の悪夢もないだろう。こんな幸せな状態から、いつか目を醒まさなければいけないなんて。ポーンと空に放り上げられて、あとは落ちるのを待つばかりのボールみたいな気分だ。

（どうしよう……どうすればいいんだろう……）

尚梧の腕に閉じ込められたまま、凛はひたすら身を硬くすることしかできなかった。

信じたいのに信じられない――それは信じた相手に裏切られるのが怖いからだ。

怖がっているだけでは少しも前に進めないと、頭ではわかっているはずなのに……。こんなにも臆病な自分を笑い飛ばせたら、少しは本当のことが見えてくるだろうか？

裏切られたくないと思うのは、傷つくのが怖いからだ。

傷つきたくないのは、怖いほどにこの人が好きだから。そう、好きだから。

「悪かったな、凜……」

（――あ……）

自分を抱き締める腕の力が少しずつ緩んでいくのを察して、凜は咄嗟に自分から尚梧の体に抱きついた。回した両手で、強くその背に縋《すが》りつく。

「凜？」

「お願い、離さないで……」

これが夢でいつか醒めるのだとしても、現実だったとしても。

下手な後悔だけはしたくないから――。

「凜……」

しがみついた凜に虚をつかれたように言葉を失った尚梧が、ややして深く長い溜め息をついた。

「コラ。そんな可愛いこと言ってると、両思いだって勘違いするぞ」

「いいよ、してよ。俺だってずっと、尚梧さんのこと好きだったんだから……っ」

「……本当か？」

尚梧の指に顎《あご》先をすくわれて、間近で柔らかい眼差しに撃たれる。

この人を好きだと思う気持ちなら誰にも負けない自信がある。

「うん、大好き……」

頷いた拍子に零れた涙を、長い指先がそっと拭ってくれた。

「ならもっと、早く言えばよかったな」

瞬きで落ちた涙を、今度は熱い舌先ですくわれる。そのまま睫の束を舌で撫でられて、ゾクリとしたものが背筋を這《は》い上っていった。

「ん……」

震えた腰を尚梧の両腕に抱えられながら、瞼《まぶた》、眦《まなじり》、こめかみ、と熱い舌の洗礼を順に受ける。少しずつ口元に近づいてくる唇が待ちきれなくて、凜は自分から尚梧の首に腕を絡めると爪先立った。

「んっ……」

ゆっくりと触れるだけのキスを二度くり返してから、尚梧の舌先が凜の唇を割る。

まともなキスすらほとんど経験のない凜にとって、尚梧のキスは少々刺激が強すぎた。

「ん、ンん……ッ」

密着したまま、さらに覆い被さってきた体が華奢《きゃしゃ》な凜の背を撓《たわ》ませる。反らされた体重を支えるため、凜は必死に首筋につかまりながら与えられる熱を享受し続けた。

「あ……っふ……」

ようやく唇を解放されたときには、腰が砕ける寸前だった。くったりと力の抜けた凜の体を支えながら、尚梧が細い首筋にまた顔を埋める。

「悪い、セーブ利かなかった……」

「――ううん、平気」

凜も尚梧の肩口に頰を預けると、そっと目を瞑《つむ》って耳を澄ました。

風の音も、波の音もいまは聞こえない。

間近で聞こえるこの鼓動だけが、唯一確かな音に思えた。

（熱い……）

冷たい海風も気にならないほどに、自分の体が火照っているのを感じる。さっき口移しされた熱が、内部から燃え盛っているようだ。

「一生、秘密にする気だったのにな……」

ややしてバリトンがぼそりと呟くのを、凜は細い溜め息とともに聞いた。

「じゃあ、なんで……」

「おまえが誰かのモノになるなんて耐えられないと思ったんだよ。さっき一緒にいたヤツだって」

「リョウのこと？」

「人見知りのおまえがずいぶん懐《なつ》いてたろ。ご丁寧に挑発までもらったしな……」

「え？」

「とにかく、気が気じゃなかったんだよ」

むくれたような声が、耳を押し当てた胸のうちからも聞こえてくる。その物言いがなんだか可愛らしくて、凜はもう一度、尚梧の唇にそっと口づけた。

「俺が懐いてるのは尚梧さんだけだよ？」

「……まったく、そんな殺し文句をどこで覚えてくるんだかな」

啄《ついば》むようなキスを何度かくり返してから、また深くなりそうだったキスを阻んだのは、

「っ……クシュン」

猫のような凜のクシャミだった。

「——約束だ、戻るぞ」

「うん」

来たときと同じように、手を繋ぎながら砂浜を戻る。気づけば先ほどよりも、ずいぶん波音が高くなっていた。

「風が強くなってきたな」

吹きつける海風も、先ほどとは異なり肌を刺すような痛みをもたらす。けれどそんな実感のすべてが、いまは妙に遠く感じられた。

（こんな日が来るなんて…）

まさか、思いが重なる日が訪れるなんて思ってもいなかったから――。

足元がフワフワしてなんだか落ち着かない心地だ。

(この人が自分だけのものになるなんて……)

隣を歩く尚悟の顔をそっと盗み見ると、同じくこちらを見ていた切れ長の眼差しが、ふっと緩んで柔らかく微笑んだ。

「一週間、暇だって言ってたよな」

「うん。特にやることもないし……」

「なら凛の一週間、俺がもらっていいか」

「え?」

繋いでいる手に、ギュッと力が込められる。

「叔母さんには俺から連絡しとくから。俺の家でゆっくりバカンスしていけばいい」

「でも、いいの……?」

「――おまえね」

深く、腹の底から吐き出されたような溜め息が、風に流されて消えていく。

(え?)

言葉の意味がつかめなくて、俯いた尚悟の顔を覗き込むと、眉間にシワをよせながら苦しそうに笑う尚悟と目が合った。

「このまま帰すなんて、できるわけねーだろ」

（……あ）

いまさっきようやく鎮《しず》まった心臓が、尚梧の言葉でまた一気に騒がしくなる。あまりに激しくなった鼓動のせいで、呼吸すら阻害されているような錯覚を覚えた。

「悪いが、キスだけで終われる自信はねーからな。それが嫌だったらいますぐこの場で拒んでくれ」

「そんなの……ずるいや……」

「俺はずるい男だよ、知らなかったか？」

こちらの反応を窺うように、じっと注がれる眼差しの熱さで、いまにも神経のどこかがショートしてしまいそうな気がした。

（選択肢なんて、最初からひとつしかない）

それを自分に決めさせる尚梧が、憎らしくて仕方ない。

けれどその千倍、愛しくて堪らない気持ちが、あとから次々に溢れ出てくる。

「――――」

耳朶《じだ》まで真っ赤になった凜がかすれ声で囁いた台詞は、尚梧のエンジンにガソリンを注ぐにはあまりに充分すぎる言葉だった。

2

『あなたの好きにして』

海辺で囁いた言葉のとおり、尚梧《しょうご》の家に着くなり玄関口ではじまってしまった行為は、一時間かけてようやくベッドの上まで移動した。その間に凜《りん》は服を脱がされ、リビングのソファーで大きく脚を開かされながら、口だけの愛撫で一度イかされた。

自分で弄ることしか知らなかった部分を、尚梧の唇や舌で舐《ねぶ》られる——ただそれだけで、凜のキャパシティーはすでにいっぱいだというのに、尚梧は執拗《しつよう》なまでに丹念な愛撫を施すと、凜が啜《すす》り泣くまで何度も絶頂を引き延ばした。おかげでシーツの上に運ばれたときには、すでに意識が朦朧《もうろう》としていた。全裸の凜とは対照的に、まだ服を着込んだままの尚梧がぎしりとベッドを沈ませる。

「感じやすいな、凜の体は」

うっすら飛びかけている凜の意識を引き戻すように、うつ伏せに横たわっていた体のあちこちに尚梧の指先が滑らされる。首筋をたどった指先が、するりと耳の裏に潜まされた。

「や、くすぐった……」

「くすぐったいところは性感帯だよ。俺がひとつひとつ、開発してやろうか」

「そういうこと言わな……、あっ」

「ほら、ココも」

背骨をたどるように降りてきた指が、尾てい骨に至るラインを何度も往き来する。

熱い指先が一往復するたびに、凜は下腹部の奥のどこかが甘く痺《しび》れるのを感じた。何度も執拗に撫でられて、ただそれだけのことなのに指先にまで震えが走る。

「や、め……」

リビングで刷り込まれた快感の余韻が、じくじくと疼《うず》いて凜の身を苛《さいな》んだ。

止むことのない尚梧の愛撫から逃れようともがいた体を、けれど易々と反転させられて、結果、もっとも恥ずかしい箇所をまた尚梧の目前に晒すことになってしまう。

「これだけでもう反応してるんだね、凜」

「あっ」

返された体の中心で、緩く勃《た》ち上がりかけていた部分を尚梧の掌に包み込まれる。年相応の感じやすさと初々しさを持った器官に、尚梧の吐息が再び近づけられた。

「もう一度、ここを口で可愛がって欲しい？」

「や……っ」

自分でするのとは桁違《けたちが》いの、あんな快楽にまた突き落とされたら今度こそ意識を保てる自信がなかった。イヤと言っても、ヤメテと泣いても許してもらえず、何度も焦らされながらようやく絶頂を迎えたときには、凜の顔は涙と唾液でグシャグシャになっていた。

また、あんな快感を味わわされたら……。

（――怖い）

力なく首を振り続ける凜の目から、大粒の涙がポロリと零れ落ちる。

「凜？」

静かに泣きはじめた凜を宥《なだ》めるように、起き上がった尚梧の手が涙で濡れそぼった頬に添えられた。

近くなった眼差しが正面から自分を捉えて、少しだけ傾く。

「どうした？」

溢れる涙を自分でも拭いながら、凜はかすれた声で必死に囁いた。

「こ、怖く……って……」

初めての行為に慣れなくて、すべてが怖いと思うのも本当――。

自分とは違う大人の体が、どんなに容易く自分を押さえ込んでしまうか、どんなに身じろいでも抵抗ひとつ許してもらえないか、この一時間だけでもずいぶん教え込まれた気がした。

「悪い、怖がらせたいわけじゃないんだ。ただ凜が相手だと思ったら、抑えきれなくて……」

（ううん、違うんだ尚梧さん……）

もう一度首を振ってから、凜はしゃくり上げそうになる息を堪《こら》えて言葉を紡いだ。

「違う、の……」

「凜？」

怖いのは自分の体の方だ。いままで知らなかった快楽を、信じられないほどの快感を引きずりだされるのが怖かった。限界の見えない快楽に蝕《むしば》まれる恐怖が、凜の体を小刻みに震わせていた。

「気持ちよすぎて……怖くて……」

自分が自分でなくなるような、何かが大きく変わってしまうような。

そんな怖さが最初からずっと胸を占めていた。リビングで一度イかされてから、ますます膨れ上がるばかりだったその感情が、涙になって溢れ出ているような気がした。

絶えず零れる涙が、尚梧の手を濡らす。

「ごめ……なさ……っ」

この人にならなにをされてもいいと思ったのに。

いまだってまだ、そう思っているのに。

(あなたの好きにされたいって……)

なのに震えてしまう体が、怖気《おじけ》づいてしまう心が自分でも疎《うと》ましくてしょうがなかった。自分で覚悟を決めてきたはずなのに……。

「――大丈夫だよ、凜」

囁いた唇が瞼の上にキスを落とす。

涙で歪んだ視界に目を凝らすと、愛おしそうに目を細める尚梧が見えた。

「どんな凜でも、俺には愛しくて堪らないよ」

「本当に……？」

「いまの泣き顔もスゲーそそられる。ホラ」

凛の手を取った尚梧が自分の欲望へと導く。スラックスの向こう側で、怖いくらいに張り詰めている尚梧を知って、凛の頬に朱が混じった。

「あ……」

自分ばかりが乱れているようで怖かったけれど、尚梧がこんなにも自分を求めてくれていることを知って思わず息を呑む。

自身の体を支配していた緊張と恐怖とが、少しずつ解けていくのがわかった。

「……俺も少し焦りすぎたな、ゴメン」

剝《む》き出しの肩を包むように、コットン地のタオルケットを被せられる。大きな掌にふわりと頭を撫でられて、凛はようやく安堵の心地を得た。

ベッドを軋《きし》ませて降りた尚梧が、部屋の隅にあった間接照明を灯す。薄暗かった室内に柔らかい光が広がった。見れば外の風景も、すでに薄闇に沈みかけている。

（もうこんなに暗かったんだ……）

ベッドルームに設《しつら》えられた大きな窓から、意外なほど近くで発光している東京タワーが見えた。

尚梧の家に着いてから、一方的に翻弄《ほんろう》されるばかりで何も目に入っていなかったことを、改めて思い知らされた気分だ。

「いまさらだけど、シャワーでも浴びる?」

壁にもたれたまま、尚梧が立てた親指で廊下の奥を指し示す。その冗談めいた口調がなんだかこの場にそぐわなくて、思わず笑うと、釣られたように尚梧の表情もふっと和《やわ》らいだ。

「もしくは腹が減ってるなら、デリバリーでも取るか」

「ううん平気。尚梧さんは」

「俺は……空いてると言えば、かなり空いてる」

「え?」

「お預け食ってるから、スゲー空腹」

言いながら尚梧がシャツのボタンをひとつずつ外しはじめる。少しずつ露になる肌が間接照明に照らされて、ぼんやりとした淡い色を部屋の隅で放っているように見えた。

(う、わ——)

尚梧の裸体を目にした途端、凜は息が詰まりそうな錯覚を覚えた。

昼間の比ではない濃密なフェロモンが、空気すら澱《よど》ませているような気がする。誘発された眩暈《めまい》がくらくらと凜の意識を攪拌《かくはん》した。

(どうしよう……呑み込まれそう……)

逸《はや》り出した心臓がうるさいくらいに、鼓膜を揺らして拍動を刻んでいた。

吐き出せない息がどんどん肺に溜まり、窒息しそうな予感が胸にわだかまる。だがそれすらが甘い陶酔を凛にもたらしてくれた。

（ううん、このまま食べられてしまいたい）

この人にすべてを晒して、何もかも暴《あば》かれてみたい。

耐えがたい誘惑が、さっきからチカチカと脳裏で明滅をくり返していた。「抱かれる」ということは「捕食される」ことと同意語なのかもしれないと初めて思った。

ライオンに睨《にら》まれたガゼルのように、竦んで動かない体の内側には、けれど蹂躙《じゅうりん》される喜びが静かに横たわっているのだ。そんな暗い想像が、自分の中のどこかに火を灯す——。

「おいで、凛」

優しい声音とともに、音もなくベッドの片端が沈んだ。

「あ……」

顔を上げる間もなく伸びてきた腕に抱き上げられて、膝《ひざ》の上に乗せられる。凛の体を滑り落ちたタオルケットがするりとベッドの下に消えた。

一糸まとわぬ姿を再び尚梧の視線に晒しながら、凛も初めて見る尚梧の素肌に目を留める。

色白の部類に入る自分とはまったく違う肌の色。そっと触れると、肌と接した指先に甘い痺れが走った。さっきまでとはぜんぜん違う昂揚《こうよう》が、凛の体を突き動かしていた。

「ここから先は凛が脱がせて」

耳元でそう促されて、熱に浮かされたように両手で尚梧のベルトに手をかける。金属音を響かせながら重いバックルを外すと、凛はゆっくりベルトを引き抜いた。

「そう、その調子」

まるでご褒美《ほうび》のように、前髪をすいた額にキスをもらう。その恍惚《こうこつ》に凛は小さく身を震わせた。

続いてファスナーに手をかけてから、上目遣いに尚梧の表情を窺う。

(あの瞳に、いま映ってるのは自分だけ)

焦がれて止《や》まなかった尚梧の視線を独占している実感がゾクリと湧いて、凛の背筋を這い回った。

与えられた快感を、少しでも返したい——。

視線はそのままに手探りで尚梧自身を取り出すと、凛は尚梧の膝を降りて傍らに肘をついた。ほんの少し躊躇《ためら》いながらも、硬い屹立に唇をよせて、柔らかく舌を絡める。

「ん……っ」

声とともに少し浮いた腰からスラックスと下着とを引き下ろしながら、凛は熱い猛りを喉の奥まで吸い込んで舐った。

(確かこんな手順だったはず……)

新しい相手ができるたびに、事細かにその詳細を語ってくれる『高島の迷惑トーク』がこんなところで役に立つとは——世の中どこで何がどう転ぶか、わかったものではない。

えずきそうになるのを堪《こら》えながら、口の中でピクピクと震える愛しさを味わう。

(少しは感じてくれてるのかな……?)

尚梧にすれば拙《つたな》い刺激でしかないだろうが、たまに零れる小さな吐息が少しずつ熱を帯びてきているのは気のせいではないはずだ。

濡れた音を響かせながら、ようやく衣服を完全に取り去ったところで、凜はもう一度尚梧の表情を窺った。最初から痛いほどに感じていた視線が、いまも自分を見つめているのを確認する。

「……参ったな。いったい、どこでこんなコト覚えたんだ」

欲情に濡れて艶を帯びた瞳が、軽く眇《すが》めた視線を意地悪く凜の上に注いだ。そこにじんわりと滲みはじめていた感情が何であるか。咄嗟に悟るには、凜はあまりにビギナーすぎた。

(え——？)

尚梧を含んだままの顎を捕らわれて、飲み込みきれず口元を濡らしていた唾液を指で拭われる。そのついでのように肌を滑った指先が、敏感な耳の裏をなぞって刺激した。

「あ……っ」

思わず開いた唇から屹立が外れる。すかさず開いたままの唇に右手の親指を差し込まれて、口腔《こうこう》内をじかに撫でられた。

「んっ、ぁ……っ」

唇の端から溢れた唾液が、尚梧の手を伝ってシーツの上まで滴《したた》り落ちる。空いた左手で柔らかく凜の髪を撫でながら、尚梧が猫をあやすように優しく、けれど地を這うほどに低い声を響かせた。

「悪い子だね。いったい誰に教わったの」

「え……ッ、ぅ……っ」

（誰にも教わってなんかない……！）

そう言いたいのに、尚梧の指先がすべての反論を捻《ね》じ伏せてしまう。

「弁解は体に聞こうか。ゆっくり時間をかけて、たっぷり聞いてあげるから」

凛としては尚梧に喜んでもらいたい一心で取り組んだ行為だったのだが……。どうやら墓穴を掘ってしまったらしいことに気がついたのは、それからすぐあとのことだった。


「大丈夫か、凛」

「……尚梧さんがこんなヒドイ人だなんて思わなかった」

ぐったりと横たわった凛の体に、真新しいシーツがかけられる。鼓膜の奥に、まだ自分の悲鳴の余韻が残っているような気がしてしょうがなかった。

「なんか一生分、イッた気がする……」

無体な行為に鳴かされ続けた喉が、ヒリヒリと痛んでは凛の言葉をかすれさせた。オーバーだな、と髪を撫でる掌を感じながら、けしてそれは大袈裟な比喩《ひゆ》ではないと内心だけで思う。

『ゆっくり時間をかけて――』

その言葉どおり、尚梧は行為に慣れない凛の体を少しずつ、けれど確実に快感の海に沈めていった。

自分ですら見たことのない部分を、人の目に晒しながら痴態を露にする——。

その行為がどれだけ官能的で人の理性を失わせるか、尚梧は言葉と体を使って凜に教え込んだ。

目を瞑ると、尚梧のものがまだ自分のうちに収められているような気がする。指で散々弄られて、慣らされた性感帯を意地悪く焦らされながらくり返される質問に、凜は必死に声を絞り、涙を散らした。『尚梧以外の男には触れられたこともない』と、何度訴えてもなかなか信じてもらえず、尚梧が二度達する間に凜は数えきれないほどの絶頂を体感させられた。

もう出ないほどに弄られた器官は、いまも熱をもって凜の身を苛んでいる。

(体の隅々まで暴かれて、余すところなく食べられちゃった気分……)

思えば、相当にディープな初体験をしてしまった気がする。だがどんな自分でも尚梧は受け入れてくれると言ったから、だから凜もどんな尚梧でも受け止めたいと思った。

(——正直、想像以上だったけど……)

尚梧のエロさはかなりの勢いで凜の予想を上回っていたけれど、それでも焦がれていた尚梧に触られているんだと思うだけで、心は何度でも熱く痺れた。

「体、平気か」

「うん、どうにか……」

尚梧に手伝ってもらい、ようやくシャワーを済ませた体はすでにクタクタだった。

ダブルベッドの片側でぐったりと毛布に包まった凜の横で、尚梧はさっきからベッドヘッドに背を預けながら膝に載せたノートパソコンのキーボードを叩いている。慣れない羽根枕に左頬を埋めながら、勤勉に動く指先を見つめていると、それに気づいた尚梧がまだ少し濡れている凜の前髪を撫でた。

「初めてにはキツかったよな。悪かった」

「ううん平気。女の子とは……違うし」

「あー……ま、女の方がタフなことは多々あるけどな」

言いながら、尚梧の口元が少しだけ笑みを刻む。思い出し笑いが誰に向けられているのか、いまさら嫉妬しても仕方ないと頭では思うけれど、内心あまり面白くはない。

(わかってるけど、ちょっとツライ……)

いったいいままでどれだけの人間が、あの圧倒的なセックスアピールに引っかかってきたんだろう。しかもそのすべてが無自覚だなんて反則にもほどがある。

(どれだけの手が、この体に触れたんだろう)

伸ばした手で尚梧の二の腕に触れる。バランスよくついた筋肉の流れを指先でたどると、くすぐったそうに尚梧が目を細めた。

「どうした」

「……何でもない」

子供じみた独占欲だという自覚はあるけれど、それをうまく抑え込めるほど、まだ大人にはなりきれない。沈んだ表情を見せたくなくて、凜は寝返りを打って尚梧に背を向けた。

暗く沈んだ窓の外に、視線を逃がす。

東京タワーの灯が落ちているということは、すでに日付が変わったということだ。煌々《こうこう》と灯ってい
たオレンジ色の代わりに、いまは楕円に歪んだ月がポツンと夜空に光を添えていた。

「凛」

絶え間なく続いていたタイピングの音がふいに鳴り止む。閉じたノートパソコンを、サイドテーブ
ルに置いた気配がシーツを通じて伝わってきた。

「言いたいことがあるんなら言ってみろよ」

「……そんなのないよ」

「じゃあ、なんでまた泣いてるんだ」

（どうして……）

濡れた目をシーツで拭っているのを気づかれたんだろうか。そっと肩をつかまれて体を返される。

その拍子に零れ落ちた涙が、肩をつかんでいた尚梧の手の甲を立て続けに打った。

涙で膨張した視界に、サイドテーブルの明かりが眩《まぶ》しい。

「凛のことならだいたいわかんだよ。それだけ長い間、おまえを見てきたんだ」

「尚梧さんは、いつから……？」

「けっこう年季入ってるぜ。気がついたらもう、そういう目でおまえを見てたよ。ひと回りも違う従
弟に欲情するなんて、これでもけっこう悩んだんだぜ？」

枕に肘をつき、凜の隣に横たわった尚梧が苦く笑って睫を伏せる。その表情が意外なほど疲弊して見えて、凜は思わず引き締まった頬に手を伸ばした。

「そんなの、ぜんぜん知らなかった……」

「あたり前だろ、こっちは必死こいて隠してたんだから」

凜の手に掌を重ねて、尚梧が目を瞑る。

あれほど激しく自分を抱き、抗《あらが》えないほどの力で翻弄してくれた尚梧とはまるで別人のように見えた。なんだか、傷ついた野生動物を見ているような気分になる。

「一生言うつもりもなかったし、本当はこのまま忘れようと思ってた」

「だから本家にも顔を出さなくなったの？」

「ああ。どんどん俺好みになっていくおまえを見るのが辛かったし、いいかげん仮面を被るのにも限界を感じてたからな……」

「仮面？」

「おまえの前ではずっと『イイお兄さん』役を演じてたんだぜ、俺」

瞼を開いた尚梧がニッと子供のような顔で笑ってみせる。だがすぐにまた伏せられた睫が、その笑顔に色濃く翳りを落とした。

「でもおまえに触れながら、俺はいつも裏でヤラシイ想像をめぐらせてたよ」

「尚梧さん……」

「何度か本気で、おまえを襲おうかと思ったこともある。……どうにか思い留《とど》まったけどな、自分の理性に自信が持てなくなったよ。このままじゃ、いつかおまえを傷つけることになるって」

「そんな素振りぜんぜん……っ」

「な、俺の演技力も大したもんだろ？」

頬から剝《は》がした凛の手に尚梧の唇がよせられる。熱い舌の感触に声を堪《こら》えながら、凛はじっと尚梧の黒い瞳を見つめた。

静かな眼差しの奥で揺れているのは尚梧の思いだろうか。

青くて暗い炎が、静かに揺れているように見えた。

「――俺に嘘なんかついたことないって、そんな嘘ばっかり……」

「そういうことになるな……ごめん」

そう言ってまた苦しげに笑う尚梧の表情が堪らなくて、凛は自分から尚梧の首に抱きついた。

自分が無邪気に尚梧を思っている間、こんなにも辛い思いをさせていたのかと思うと、胸の奥が軋むような切なさがあった。

（ううん、嘘だなんて思ってないよ……）

年下の凛に真っ直ぐ向き合い、真摯《しんし》な眼差しを向けてくれたことや、埒《らち》もない子供の話に誠実に耳を傾けてくれた優しさだって、尚梧の一部に変わりはないから。

「正月に会ったときは、失敗したと思ったよ」

「どうして……？」

「こんなにキレイで可愛い凜に悪い虫がついたらって、想像したら気が触れそうになった」

尚梧の両手が背中に回されて、きつく腕の中に閉じ込められる。重ねた胸のうちで鳴っている鼓動が少しずつシンクロしていくような気がした。

「一度は諦めようと思ったのにな、あれからずっとおまえのことを考えてたよ」

鼓動だけじゃなく、密着していると気持ちまでシンクロするのだろうか。尚梧が自分と同じようなことを考えてくれていたのが、途方もなく嬉しくて仕方なかった。

再会したあの日から、尚梧のことを考えない日など一日もなかった。

チクチクと、胸を刺す痛みに眠れない夜がいくつあったろう。

「だから今日、男連れのおまえを見たときは頭に血が上ったよ。……同時にすごく後悔した。おまえを知らない誰かに奪われるくらいなら、初めから無理にでも繋いでしまえばよかったたって」

「――繋いでよ、尚梧さん」

ほかの誰も目に入らないくらい、きつく繋いで飼い慣らして欲しい。

(あなた以外の誰かなんていらない)

昼すぎまでは「好き」の二文字しか知らなかった心が、いまはもっとたくさんの言葉で溢れている。

好きなんて気持ちだけじゃもう足りない、この世の誰よりも愛しくて大切な人。

(だからあなたも俺だけを見てて――)

この思いがどうか伝わりますように。

触れ合わせたこの胸から、絡めた指から、重ねた唇から……。

柔らかいキスをくり返しながら、いつしか凛は熱い腕の中で穏やかな眠りを迎えていた。


尚梧の家に滞在しはじめて、四日目。

凛の目覚めは快感からはじまるのが、すでにセオリーになりかけていた。

「あっ、や……ッ」

ベッドの上で四つん這いになった凛の体に、覆い被さるようにして尚梧の手が動く。左手は凛の抵抗を抑えるために、そして右手は過敏になっている箇所を衣服の上から執拗に撫でさするために。

「んッ、ん、ン……っ」

「――凛？」

呼びかけに返る声はない。

まだ夢の中にいた凛に悪戯《いたずら》が仕掛けられてから、すでに十分が経過していた。止まない刺激に凛の理性がドロドロに溶けて崩れ落ちたのを確認すると、尚梧の手が今度は服の隙間から差し入れられた。じかに握られて、先端だけを何度もゆっくり撫でられる。

「あぁ……ッ」

理性と同じくらい溶けて濡れそぼった部分が、歓喜の証を少しだけ尚梧の掌に吐き出した。

「可愛いよ、凜」

その滴りをさらに塗り広げながら、尚梧の囁きが耳元に吹き込まれる。

（あ……尚梧さ……っ）

その声を遥《はる》か遠くに感じながら、凜は声にならない声でひたすら尚梧の名前を呼び続けた。

だらしなく開いた口から、溢れた唾液がシーツに滴る。

昼となく夜となく仕掛けられる尚梧の悪戯に、若い体は悲鳴を上げながらもすぐに順応していった。

体の反応に最初は置いていかれがちだった心も、いまではずいぶん柔軟になった。

自分は抱かれるための生き物なのかもしれない――。

そんなことを考えてしまうほどに、凜の日々は尚梧との愛欲に塗《まみ》れていた。

（あ……、も、っと……）

求められるだけじゃなくて、凜の方からせがむこともある。間をおかず何度も繋いだせいか、体はいつのまにか離れている時間こそを違和感として捉えるまでになっていた。

「あ……ぁ、もぅ……」

「まだだよ、もう少し我慢できるだろ」

昂ぶらせる愛撫から焦らすための手つきに変えた尚梧が、凜の腰から下着とスウェットを同時に引き下ろす。絶頂を待ち侘びて揺れる腰を支えながら、前への刺激で緩みはじめた後ろにも二本の指が添えられた。

「あ……っ、あ……、アア……ッ」

昨夜の名残りのローションが、尚梧の指の侵入を助ける。

快楽を司《つかさど》る神経をそこだけ剝き出しにしたようなポイントを突かれて、また少し溢れた白濁がシーツに滴った。昨夜もずいぶん啼《な》かされたせいで、ひと晩明けたいまも大した量は残っていない。

なかなか達しない尚梧のせいで、一度行為がはじまると凜は失神寸前まで追い詰められるのが常だった。尚梧が一度達する間に、何度イかされることか。

もう出ないと思うほどに責められても、内側から突かれて前立腺を刺激されるとそれだけで射精に近い快感を得られるまでに、いまではすっかり体を慣らされていた。

「ん……ン……ッ」

準備の整ったソコに、背後から尚梧の熱い質量が少しずつ収められていく。

刺激で背筋を反り返らせながら、凜は与えられる熱感に身を委ねた。これからやってくる衝撃の予感に、内腿《うちもも》を震わせながらシーツの端をきつく噛み締める。

「ンン ゥ……ッ！」

「ココ、だね」

的確に捉えられたポイントを何度も突かれて、そのたびに頭のどこかが拉《ひし》げそうな快感が暴風雨のように爪先から頭の天辺《てっぺん》までを通りすぎていった。

「イイコだから、もう少し腰を上げてごらん」

「……ッ！」

「そう、この方がもっと当たるだろ？」

与えられる泣きたいほどの快感に耐えながら、凜は必死に律動に合わせて腰を振った。

触れられてもいない凜自身は、さっきから細かい痙攣《けいれん》をくり返しながら白濁混じりの粘液をひっきりなしに吐き出している。

きりのないドライオーガズムが、凜の体を限界ぎりぎりまで追い詰めていた。嚙み締めたシーツをびしょ濡れにしながら、最奥《さいおう》に熱い奔流を叩きつけられるのを待つ。ややしてから体の奥深くに放たれた熱に呼応するように、凜も残りわずかな自身の熱を解放していた。

「は……っ、ぁ……」

腰だけを高く掲げた姿勢で、収まらない息をシーツに押しつける。

長い微睡《まどろ》みからようやく覚醒したような心地で、凜は唾液でぐっしょりと濡れたシーツをもう一度嚙み締めた。後ろに入ったままの尚梧が身じろぐたびに、じんわりと生まれる快感の余韻が凜の吐息を甘く染める。

「悪い、また暴走しちまった……」

ゆっくりと抜かれていく感覚に、凜は言葉もなく瞼を震わせた。

尚梧が完全に抜けきったところで立てていた膝が限界を迎え、シーツの上で横倒しになる。中に出されたものがじわじわと外に溢れていくのを感じながら、凛は痺れる指先と舌とで、少しずつ口内のシーツを吐き出した。それをすべて出し終えたところでようやく、行為中に何度も呼んでいた名前を声にすることができる。

「尚梧、さん……」

「凛？」

伸びてきた腕に上体を抱き起こされながら、凛は薄く瞼を開いて心配げにこちらを覗き込む尚梧の顔を見やった。同じだけの時間をセックスに費やしているというのに、尚梧の顔には疲労のひの字も見当たらない。

（そりゃそうか……）

凛と尚梧では基礎体力から大幅に違ううえ、受身の方が基本的に体力の消耗は激しいはずだ。

昨夜の延長線のような激しいセックスに体はそろそろ限界を訴えていたが、それとは違う「衝動」が自分の体を突き動かしてしまうのを凛は止められなかった。

いや、止める気なんて最初からない。

（求められるのならその全部に応えたい……）

——だから、もっと。

「もっと好きにして……？」

吐息交じりの囁きを零すと、尚梧が何か痛いものを踏んだような顔つきで眉間にシワをよせて片目を眇めた。そうすると男くさい美貌にさらに拍車がかかって、その視線だけでも絶頂に導かれそうな錯覚を覚える。

「……俺を甘やかすと後悔するぞ」

そんな後悔なら、いくらでもしたい。そう囁くと、止処《とめど》ないキスの雨が凜の身のあちこちに降り注いだ。ささやかだった小雨が土砂降りになるまで、そう時間はかからない。

（あ……どこかで電話が鳴ってる……？）

そんな記憶を最後に凜はまたしばらくの間、快楽の淵《ふち》に意識を沈めた――。


次に気がついたときには、すでに冬の太陽は傾きはじめていた。

隣では尚梧が、まだ静かな寝息を立てている。その眠りを阻害しないよう、そっとベッドを抜け出すと凜はバスルームに向かった。

さすがにこんな生活を何日も続けていると、ペース配分が自然と身についてくるものらしい。眠ったおかげで朝方に消耗した程度の体力は充分に回復できていた。いまでは尚梧の介助がなくても、一人でシャワーを使えるだけのスタミナを確保する要領も覚えた。

（普通ありえないサイクルだけど、ね）

起きている時間の大半は、食べるか抱かれるかシャワーを浴びているか、もしくは二人してゲームや映画に熱中しているか、だいたいはそのどれかに割り振られる。

ここで生じる疑問は、試験休み中の凛はまだしも、社会人である尚梧がなぜ同じサイクルで暮らせるのかということだ。

『いまの時期は在宅で充分なんだよ。ネット環境さえ整ってりゃどこでも仕事できるんだから、まったく便利な世の中だよな』

一度訊《たず》ねたときにはそう笑っていたけれど、ノートパソコンを広げている姿など一日にトータルで一時間も見ない。仕事については企業向けのソフト開発を主な業務にしている、という話しか聞いていないが、尚梧の担当はどうやら開発部門ではなくもっぱら営業に傾いているらしい、とは以前伯母の筋から仕入れた話だ。

営業が自宅にこもっていて仕事が成り立つのかは疑問だったが、いまのところ支障をきたしているふうはないので自分が気にすることでもないのだろう。そう結論づけてからは、凛は尚梧の仕事のことについてはほとんど気にかけなくなった。

「おなか空いた……」

シャワーで濡れた髪をバスタオルで拭いながら、廊下の突きあたりにあるキッチンに入る。冷凍庫から勝手にピザを引っ張り出すと、凛はそれを電子レンジにセットした。

キッチンからリビングへと抜けながら、部屋着の肩にタオルをかける。昼下がりの陽だまりが、革張りのソファーを明るく照らしていた。

体を酷使しているせいか、いくら眠っても寝足りない。でき上がりを待つまでの間、だるくなりはじめた体を凛はしばしソファーで休めることにした。

ふいに部屋の隅で電話が鳴りはじめる。尚梧の電話に勝手に出るわけにはいかないので、通話が留守番電話に切り替わるのを待つ。

（そういえばさっきも鳴ってた気がする……）

ぼんやりと天井を眺めながら、凛は留守を告げる機械のアナウンスを聞いた。だが。

『もしもし、尚梧』

発信音のあとに聞き覚えのある声を聞いて、思わず無機質な電話機を見つめる。年齢のわりに張りのあるこの声は、凛と尚梧の祖母のものだ。

『お見合いの件だけど、今月の十九日に決まったからね。忘れないでちょうだいよ』

（え、お見合い……？）

すぐに切れた通話に紛れていた忘れかけていたキーワードに、凛は知らず眉をよせていた。胸の奥底に封じ込めていた黒い気持ちが、またむくりと頭をもたげるのがわかった。

（——ああ、そうか……そうだよね）

考えてみれば当然の話だ。自分の気持ちが報われたことで思いがけず浮かれていたけれど、変わったのは自分と尚梧の関係性だけでそのほかのことは何も変わっていないのだ。自分の知らないところで、現在進行形で回っている歯車があることに言い知れない不安を感じる。

祖母の強引さは凜もよく知っていた。孫にはピアノを習わせたいという祖母の強い要望で、凜は望まないレッスンに三年近くも通わされた。受験のない内部進学を選んでいたら、自分はまだあのピアノ教室に通っていたことだろう。そんな性質の祖母だから、一度口から出た話をすぐに白紙に戻させるのは難しいだろう。それはよくわかる。

(でも、もしこのまま押しきられたら……)

ないと言いきれないその可能性に、凜は自身の肩を両手で抱き締めた。フ……と室内の明度が急に下がる。見ると陽を遮る厚い雲が、いつのまにか青空を覆いはじめていた。

(ううん、そもそも――……)

もっと具体的な不安だって本当はいくらでもあるのだ。

なるべく考えたくなくて、そこからはずっと目を逸らしていたけれど……。

(この先に続く未来なんてあるの?)

思いが通じ合ったことで舞い上がっていたけれど、現実的なことを考えればそう先があるとも思えなかった。同性という足枷《あしかせ》に、血縁というしがらみ、縮まることのない年の差のギャップ。

「……ッ」

すぐにまた鳴った電話が、凜の細い肩を震わせた。通話が留守電に切り替わるのを息を呑んで再び待つ。今度はすぐに案内音声が流れはじめた。だが、そのアナウンスを遮るように。

「もしもし―

いつのまにか電話口に立っていた尚梧が低い声で応答を返す。どうやら仕事の関係者だったらしく、凛には察しのつかない話を一分ほど続けてから、静かに受話器が置かれた。

「まったく、参るよな……」

凛の視線に気がついた尚梧が、やれやれと小さく肩を竦めてみせる。

「ばーさんの電話、聞いたろ？」

「……うん」

「声デカイよな。寝室まで聞こえたよ」

裸足のまま、ぺたぺたとフローリングを進んできた尚梧が凛の隣にドサリと身を投げる。タイミングよく、キッチンで昼食のでき上がりを告げる電子音が鳴った。

「何か作ったんだ？」

「あ、さっきピザを温めて……」

「フウン、俺もご相伴《しょうばん》に与《あずか》ろうかな」

黒髪のあちこちが寝癖で跳ねているのを無造作に掻き回しながら、尚梧が軽い嘆息を漏らす。

（いまのは何の溜め息だろう……？）

その傍らで息を潜めながら、凛は尚梧の次の動向を窺った。さっきまでは気にもしてなかった掛け時計の秒針が、やけに部屋に響いて聞こえる。

（ねえ、尚梧さん……）

あのとき、自分さえ尚梧の手を取らなければ――。

この人はもっとまっとうな人生を歩んでいたはずなのだ。自分の存在が孕《はら》むリスクにいまはまだ気がついていないだけで、きっとそのうち後悔するときがくるだろう。

自分のせいで尚梧の人生が歪んでしまうなんて……。

考えれば考えるほどに、それだけが真実のような気がしてならなかった。

(尚梧さんの未来に傷がついてしまう……)

そうなってからではもう遅いのだ。

だから「いま」ならまだ間に合う――、そんな声がどこからか聞こえた気がした。

「なあ、凜……」

ソファーの肘掛けに乗せられていた指先が、トトンと革の表面を叩いて凜の気を引く。

「誤解すんなよ。断れない筋の話だから会うだけは会うけど、それだけだからな」

「……そんなの」

あの祖母が選んだ相手だ。世間体的にも間違いのない人物に違いない。

「そんなの、ぜんぜん気にしてないよ」

気づいたらそんな言葉を、凜は次々と舌先に乗せていた。

「資産家の娘で、すごい美人なんだって聞いたよ。伯父《おじ》さんもずいぶん喜んでたし」

顔の筋肉を、努めて笑顔のままキープする。

「俺なんか気にしてる場合じゃないよ。尚梧さんのためにもぜったいその方が……」

「──ストップ」

素早く凜の後頭部に回された手が、濡れた髪を尚梧のシャツに押しつけた。

「おまえの悪い癖だな。そうやって自分の気持ち、押し殺すの」

「やだな、そんなことな……」

「あるだろ？　おまえはいつも、そうやって貧乏くじをを引きたがるんだ」

静かに、けれど強い語調で言いきられて、凜は思わず口を噤《つぐ》んだ。押しつけられた胸から、意外に逸った鼓動が聞こえてくる。

「おまえさ、嘘つくときいつも同じ顔で笑うって、知ってたか」

「え……？」

慣れた笑顔で固めていた表情が、尚梧の言葉で一気に崩れ落ちた。

「飼ってた文鳥が死んだときも、叔母さんが離婚するってときも、おまえ笑って見せたよな。『こんなのなんでもない』って顔で」

（気づかれてたなんて……）

そんなこと思いもしなかった。昔から不器用で要領が悪くて、そんな欠点をカバーするために凜が覚えたのは「聞き分けのいい子」という仮面だった。

七歳のときに母親が再婚したときも、共働きの両親にあまり構ってもらえない寂しさも、すべてこの仮面で誤魔化してきた。

「言ったろ、年季入ってるって。何年おまえのこと見てきたと思ってるんだよ」

両親に心配をかけたくなくて、周囲を煩《わずら》わせたくなくて、頑張って覚えた処世術だ。

まさか、見破られていたなんて――。

「そういうおまえの健気《けなげ》さが、俺は愛しくてならないんだよ」

いくら隠して誤魔化したところで、本心を知る方程式さえ知っていれば凜の気持ちを探るのは簡単だ。すべて、その逆に受け取ればいいのだから。尚梧を思い、本心とは真逆の言葉で綴《つづ》った台詞は、尚梧には熱い告白にも等しく聞こえたことだろう。

「俺が好きで好きで仕方ないって、そうとしか聞こえないぜ？」

「尚梧さん……」

「俺、おまえのこと遊びじゃないからな。本気で考えてる。これからのことも」

そう言って自分を抱き締めてくれる腕も、少し震えているような気がして、凜はよけいに胸が痛くなった。

（尚梧さん――……）

四日前から、きっと自分の涙腺は壊れてしまったのだ。

みっともない泣き顔を見られたくなくて、凜は尚梧の胸に鼻先を埋めた。

「おまえを泣かせてばっかだな、俺は」

「ゴメ……な、さ……」

「気にすんなよ。つーか、それにいちいち煽《あお》られてる俺の方がヤバイんだから」

口ではそんなことを言いながらも、優しく背中を叩いてくれる手に甘えて凛はしばらくの間、尚梧の腕の中で泣いた。

「さ、何か食おうぜ」

凛の涙が止むのを待っているうちに、レンジの中ですっかり冷めてしまったピザをもう一度温めて食卓に載せる。ランチタイムはとっくにすぎてしまったけれど、一日はこれからまだ長い。

（あれ？）

コップに牛乳を注いでくれた尚梧の指に、ホワイトゴールドの指輪が嵌《は》まっているのを見つけて、凛は軽く首を傾げた。

「尚梧さん、どこか出かけるの」

「ん？　いや、見合いに嵌めてこうかと思って、さっき出したんだ。コレ、左手の薬指にしてったらぜったい断られるよな」

「おばあちゃんがそんなの許すわけないよ」

「ハハ、いいテだと思ったのにな」

皓々《こうこう》とした白みを帯びた表面にブランドのロゴが斜めに入ったそれは、尚梧のイメージによく似合っていた。

「――素敵だね、それ」

「嵌めてみるか」

「でも、尚梧さんのじゃサイズが合わないよ」

試しにと渡された指輪は案の定、凜の指にはゆるゆるだった。

デザインも、子供の自分にはやはり馴染まない。けれど見た目よりもズッシリとした重量が指にかかる感覚は、予想以上に心地よかった。

(体だけじゃなくて、こんなふうに――)

目に見える何かで繋がれたら、少しは気持ちも楽になるんだろうか。

(ううん……焦ってもしょうがないか)

きっと、いつかやってくる。

この指輪が似合うくらい大人になって、尚梧と肩を並べられる日が――。

そう信じていれば、未来はきっとそのとおりになるだろう。

お互いのことを信じてさえいれば……。

「乾杯」

尚梧はワインで、凜はミルクで祝杯を上げると、まだ続く休暇の前途を祝った。

3

(——なんだろう、この感じ……)

目を開いてすぐに感じた違和感に、凜《りん》は少しだけ眉をひそめた。

耳の中に綿を詰め込まれたような、妙な感覚だ。まるで聴覚だけがトンネルに迷い込んでしまったかのようだ。気のせいか視界までもが、全体的に白っぽい眩さを帯びている気がする。

「あ」

めぐらせた視線で捉えた窓にようやくその正体を見つけて、凜は裸足のままベッドを抜け出していた。窓辺に駆けよって、子供さながらに鼻先をくっつける。

「うわあ——……」

上げた歓声が、すぐに白い余韻となって視界を曇らせた。

痛いほどに冷えきったガラス窓が、寝起きで火照った掌に心地いい。海辺で見たのと同じようなミルク色の空から、今日は絶えず白い雪片が零れ落ちていた。

(雪が音を吸い込むって本当なんだ……)

目覚めたとき、辺りがあまりに静かなので、凜は自分が本当に覚醒しているのか一瞬迷ったくらいだ。音の消えた街にシンシンと降り続く雪が、東京タワーの赤色を風景に滲ませていた。

風に煽られた雪がふわりと舞い上がってはガラスを叩くのを、飽きもせずしばらく眺める。——こうして今年三度目の雪がチラつく中、五日目の朝は静かにはじまろうとしていた。

（また、電話でもしてるのかな）

耳を澄ますと、リビングの方で誰かの話し声が聞こえる。

寝室の時計を見ると、昼を少しすぎたところだった。借りているスウェットの上下にガウンを羽織り、凜は昼食の算段をつけるためキッチンへ向かった。廊下を二度折れてから、その突きあたりを目指す。どうやら尚梧の頭には「料理をする」という概念がないらしく、冷蔵庫はビールを冷やすための道具だと思っている節があった。

不在がちな両親のおかげで凜の特技には料理も含まれるのだが、それを披露《ひろう》するための食材を「今日こそは買いにいこう」と言いつつ、すでに何日経っていることか。

けっきょくはゲームとセックスに明け暮れたまま、昨日も一日が終わってしまった。おかげでここに来てから取った食事といえば、レトルトかデリバリー、または冷凍食品ばかりだった。

「あれ？」

だが今日はそのラインナップに、老舗《しにせ》のカツサンドの箱が加えられている。

「尚梧《しょうご》さん、買い物にいったの」

白いビニール袋を片手で示しながらリビングに顔を覗かせたところで、凜は初めてそこに来訪者がいたことに気がついた。

「へえ、見ない顔だな」

壁沿いに並べられたソファーセットの中央、尚梧の向かい側で脚を組んでいたダークスーツの男と目が合う。

「あ……ごめんなさ……っ」

不覚にも凜はこのときまで、この家に自分と尚梧以外の人間がいるとはまるで考えていなかった。スーツを着込んでいる二人に比べて、自分の格好ときたら、とても来客の前に出られるレベルのものではない。

「失礼しました……！」

己の短慮さを恨みながら慌てて引っ込もうとしたところで「ああ、紹介するよ」と、凜は尚梧に呼び止められてしまった。

「コレ、同僚の黒河《くろかわ》な」

言いながら尚梧が向かいの男を顎先で示す。

それを受けてダークスーツの男が、「どーもー」と肩を竦めながら組んでいた脚を解いた。

「敏腕営業マンの黒河でーす」

場違いなほどに明るい声がリビング中に響き渡って、思わず瞠目《どうもく》した視線をソファーに据える。途端、黒河の斜向かいで心底嫌そうに尚梧が顔を歪めるのが見えた。

「……おまえのテンションって、イラッとくんだよな。どうにかなんねーのソレ」

「おまえがイラつけばイラつくほど、俺は楽しいって寸法だけどね」

「ああ？」

モクモクと暗雲の立ち込める気配を感じて、凜は慌てて二人の間に口を挟んだ。

「あ、あの、沢村《さわむら》といいます」

その場で軽く一礼してから、上げた視線をもう一度ソファーの方へと投げかける。

（う、わ……）

先ほどからの冗談めいた口調とは裏腹に、鋭い眼差しが真っ直ぐに自分を見据えていて、凜は知らず息を呑んでいた。

「あー、よろしくねー？」

言いながらきつめの弧を描いた瞳が、微笑みでさらに三日月のように細まる。

（ちょっと……怖い、かも……）

顔は笑っているのに、なんだか目が笑っていない気がした。

眼差しの鋭さは、例えるならば空の高みから虎視眈々《こしたんたん》と獲物を狙う猛禽《もうきん》類のようだ。薄い唇が浮かべている笑みも、どこか酷薄そうで皮肉めいた色を持っていた。長めの前髪が時折り視線を遮るのも、その裏で何かを企んでいるような不穏な空気を醸し出している。

「フウン……」

尚梧よりはいくぶん細身の体を高価そうなダークスーツに包んで、黒河は物珍しげな視線を凜の頭から爪先まで注いだ。

それからふいに「つーか、おまえサ」と尖った視線が傍らの尚梧へと向けられる。

「こんな子供にまで手ェ出してるわけ？」

「バーカ、従弟だよ」

「へえ、血縁者！　って、そっちのがよっぽどキチクじゃねーかよ」

「いいからおまえは黙って仕事してろよ」

「あー……ハイハイハイ、と」

カチ、とライターが鳴って黒河が咥《くわ》えた煙草に火を灯す。

今日の空のように白い煙が、ゆったりとリビングをたゆたった。

「あ、それ俺の土産《みやげ》。よかったら食べて」

手にしたままだったカツサンドの袋を、黒河が煙草の火先で示す。それから一度は灰皿に落とした視線を、ふいに思い出したようにもう一度凜に向けた。

「吸っちゃったけど、イイ？」

「あ、どうぞ……」

事後承諾にもほどがある台詞だが、最低限の気遣いはできる人間なのだろうか……？

全体的に得体の知れない雰囲気を持った黒河に、凜はすでに苦手意識を抱いていた。

昔から人見知りで、知らない人間と打ち解けるのが何より苦手な凜にとって、黒河の放つ雰囲気は少々毒が強すぎた。

「じゃ、留守番頼んだぞ」

「へーへー、いってらっしゃい」

（え……？）

凛はそのときになってようやく、尚梧が厳重にコートまで着込んでいることに気がついた。

「一時間で戻るから。黒河に何かされたら、包丁でひと突きしてやれ」

「おいおい、人聞き悪いこと勧めてんなよ」

黒河はすでに我が家にいるかのような顔でソファーに寝そべり、高そうなスーツにシワがよるのも構わず、ノートパソコンの画面に視線を釘づけにしている。

「え、尚梧さ……」

わけがわからないまま、凛は慌てて玄関に向かう尚梧の背中を追いかけた。玄関口で追いついたへリンボーンのコートに「ごめんな」と優しく抱き締められる。

「仕事の関係でどうしても出かけなくちゃいけないんだ。すぐ戻るから」

「あの人は……」

「ああ、アイツのことは空気だと思え。何を言われても耳を貸すなよ」

耳元にそれだけ囁くと、尚梧は軽いキスを額に残してすぐに扉の向こうに消えた。

「……いっちゃった」

よほどの急用なのだろう。仕事となれば、凛が口出しできる筋合いではない。

(あの人は、いつまでいるのかな――……)

黒河にしてみても、この家に置いていけるということはそれだけ信頼している証なんだろう。

ひとまずまともな服に着替えてから、凛は重い足でリビングに戻った。ソファーでは相変わらず寝そべったまま、黒河が器用にキーボードを打ち続けている。

「あの……コーヒーと紅茶、どちらがいいですか」

テーブルの上に何も載ってないのを確認してから、凛はキッチンに向かった。だが。

「黒河さん……?」

なかなか返ってこない返事に顔だけをリビングに覗かせると、黒河が派手な溜め息とともにがっくり肩を落とすところだった。

「その二択は気が利かないな……。雪の日にはアルコールと相場が決まってるのに」

「えっ、あ……」

「冗談だって。熱いブラックを頼むよ」

画面に落としていた視線を引き上げると、黒河が意外に可愛い笑顔をこちらに向ける。

(あ、れ……?)

子供のように邪気のない笑顔。その笑みに、先ほどまでの不穏さは欠片も見当たらなかった。

もしかしたら見た目の雰囲気ほど悪い人じゃないのかもしれない、と凛は少しだけ考えを改めることにした。黒河用にコーヒーを淹《い》れながら、ここ数日ですっかり私物化している水色のマグカップに自分用のミルクティーを淹れて戻る。

「どうぞ」

黒河の前に熱いマグカップを置くと、凜は手持ち無沙汰気味に、斜向かいのソファーに腰を下ろした。だがリクエストどおりの熱いブラックを淹れたにもかかわらず、しばらく待っても黒河の手がマグカップに伸びる気配はない。

「……俺、猫舌なんだ」

ややしてからボソリと漏らされた呟きに、凜は思わず頬を緩めていた。

「ミルク、足しますか」

「うん。ドバッとお願いね」

要望どおりマグカップにパックの牛乳を注《つ》ぎ足したところで「はい、終了ー」と、黒河がノートパソコンをぱたんと閉じ合わせた。

「あーシンドかった。ちなみに俺、無糖じゃ飲めないんで砂糖もくれる？」

「え、じゃなんでブラックって……」

「カッコつけてみた」

そんなしょうもないことを言いながら、黒河が堂々と胸を張ってみせる。

（――黒河さんて……）

どうやら見た目の雰囲気と、黒河の中身とは一八〇度くらい違っているらしい。

ブラックから甘いカフェオレに変わった中身に口をつけて「あ、んまい」と、黒河がまた子供のような笑顔を浮かべた。

「俺さー、ブラックも酒もダメだから大人の嗜好品って煙草しか嗜《たしな》めないんだよね。いっつも尚梧にバカにされんだけど、ブラックが飲めりゃ偉いってもんでもねーよな？」

「それは……まあ、そうですよね」

「でっしょ？　もう、言ってやってアイツに」

子供さながらに頬を膨らませて拗《す》ねる黒河を見ていると、最初に感じた印象がバカらしく思えてくるほどだった。

「そんじゃま、コミュニケーションでも取っとく？　せっかく知り合えたわけだしね」

そのうえ黒河はかなりの話好きらしく、それからしばらくの間、一方的な黒河の話にひたすら相槌《あいづち》を打ち続けるはめになった。だが尚梧と大学が同じだったという黒河の話はどれも興味深く、気づくと凜は身を乗り出して耳を傾けてしまっていた。

「やっぱり尚梧さん、モテてたんですね」

「あれは言うなれば悪魔並。俺もけっこうモテたんだけど、やっぱあいつの比じゃないからねー」

合コンでの尚梧のハレムぶりや、狙った獲物を落とす勝率で二人が競い合っていた話などは少々胸が痛んだけれど。

（――それは過去の話）

と割りきれるほどにいまは自分の気持ちが落ち着いていることを、凜は黒河の話で改めて確認することができた。

「ま、尚梧とつるんで大学時代は派手にやってたけど、最近はとんとご無沙汰だよ」

「お仕事、お忙しそうですもんね」

「そうそう。給料もイイし、勤労意欲を満足させるには充分なんだけどねー」

在学中に同級生数人ではじめた事業が、いまではかなり軌道に乗っているらしい。

確かに黒河がソファーで台無しにしていたシワだらけのスーツも、よく見ればタイバーやちょっとした小物に至るまでブランド物で揃えられている。尚梧のマンションや車にしても、この年代で容易く手にできる人間はそう多くないだろう。

「忙しすぎるのが難点だよ、ホント。それで壊れた恋がいくつあったやら」

「あれ？　でも尚梧さんが、いまは暇だから在宅で仕事してるって……」

「何ソレ？　あいつが言ったの？」

「え、はい……」

「冗談キツイぜ！　あいつのワガママのせいで俺らがこうむってる被害ときたら、甚大《じんだい》……」

と、ふいに黒河が何かを思いついたように口を噤んだ。テーブルの一点を見据えたまま、じっと黙り込む。それまで咲いていた話の花が、急に萎《しぼ》んで落ちたような感じだった。

（黒河さん……？）

何かまずいことを言ってしまったのだろうか。

自分の発した言葉が、黒河の何かのスイッチを押してしまったのかもしれない。

伏し目がちなその表情をそっと窺ったところで、黒河がふいに「ハハッ」と乾いた笑い声を上げた。

「――なるほど。確かに尚梧のタイプだよね。君みたいに何でも鵜呑《うの》みにしてくれそうなコ。ほら、騙《だま》すの簡単じゃん？」

「え」

「あいつの悪い癖なんだよね、いい加減やめとけって俺らも言ってるんだけどさ。ぜんぜん聞かねーの。しかも君、親戚なんでしょ？　節操ねえよなー、あいつも」

ダークスーツの手がカフェオレのマグカップに伸びる。冷めかけた中身を一口含んでから、黒河がニッと子供のように口角を引き上げた。

「ああ、聞きたくなかったらここでやめるけど。どうする？　聞く？」

見た目に反して明るくて、話好きで……そんなふうに捉えていた黒河のイメージがまたガラガラと音を立てて崩れはじめる。

「………」

沈黙の間も、部屋の中央をずるずると重いものが横切っているような不穏な空気がずっと横たわっていた。

「何の、話ですか」

相対した黒河の瞳の中で、何かがグラリと揺れるのが見えた。

黒くて……重たい何かがユラユラと揺れている。嫌な予感がした。

「あいつの、ハンティングの話」

頭の隅で警鐘が鳴る。これ以上聞いてはいけない——と、心がそう告げているのに。

（体が動かない……）

強張った体をソファーに打ちつけたまま、凛は続く黒河の言葉を聞いた。

「狩りっていうかね。君みたいな獲物引っかけて弄《もてあそ》ぶの得意なんだよね、あいつ」


はらはらと降り続ける雪が、差し出した掌の上にも降り積もる。

それが冷たいのか熱いのかすら、いまの凛には判別不能だった。

つかみ締めたバルコニーの手摺《てす》りも、呼吸のたびに肺を充たす空気も、頬を叩く風も、恐らくは凍るほどに冷たいのだろう。だが、麻痺した感覚はそれをまるで伝えてくれない。

（麻痺してるのは感情も一緒か……）

黒河が帰って、すでに十分近くが経過していた。

一時間で戻る、と言った尚梧が帰ってくる気配はまだない。

『可哀想にね』

そう言って、黒河は酷薄な笑みを浮かべた。

『従属しそうな獲物を目聡《めざと》く見つけては、確実に落として食い物にするんだよ。で、一週間かけて食い尽くしたらポイ捨て。それが捕らわれた獲物の運命――。だから可哀想にねって言ったんだよ』

（そんなの……）

返す言葉のない凛を楽しそうに眺めながら、黒河は懐《ふところ》から抜き出した二本目の煙草に火をつけた。

主流煙を旨《うま》そうに吸い込みながら、続く言葉はまだ終わらない。

『遊びじゃない、って言いながら遊ぶんだよ。それが大学の頃からの常套句《じょうとうく》。汚いよね、やることがさ。でもあいつ、嘘つく天才だから、たいがいのヤツがころっと騙されんの。だから安心していいよ？　騙されたのは君だけじゃないから』

黒河が一人で喋っている間、凛はじっと煙草を挟んだ指先を見ていた。

立ち昇る煙に、何もかもが巻き込まれていくような気がする。

なのに、どうしても目が逸らせない……。

『さすがに、そろそろ年貢を納める気になったのかね。縁談の話、しっかりキープしてんでしょ？　家柄的にも資産的にも文句のない相手だしな、そういうところはシッカリしてるっていうかね。ところで――』

トン、と灰皿の縁を叩いた煙草が色味の消えた灰を振り落とす。

『俺の話とあいつの話、どっちを信じる？』

話は終わったとばかり灰皿に煙草を押しつけると、黒河はソファーに沈めていた体をゆっくりと起こした。それから思い出したように凜の目前でもう一度膝を曲げ、顔を覗き込んでくる。

『ちなみにあいつが捨てたら、俺がいただくことになってるからよろしくね？』

頬に触れてきた手を咄嗟に振り払うと「お、いいね、その気の強さ」と笑いながら黒河はこの部屋を出て行った。

尚梧とは違う、煙草の匂いの沁み込んだ指。その手に触れられた感触が抜けなくて、気づいたら凜はバルコニーで冷たい雪風に身を晒していた。

さっきよりも白に侵食された風景が、見渡す限りどこまでも広がっている。無人の街はいまにも雪に呑み込まれてしまいそうに見えた。睫にまとわりついた雪が、視界の縁を白く彩る。剝き出しの肌に触れても、ついに雪は溶けなくなった。

『あいつが帰ってきたら聞いてみな？　どっちが正しいのって。ま、俺が正しかったらその場ですぐ捨てられちゃうけどね』

そう言った黒河の言葉が、頭から離れない。

（信じようって決めたばかりなのに……）

これからやってくる未来を、続いているはずの二人の日々を、ただ信じてさえいればいいんだと思っていた。――それがどんなに難しいことかも知らずに、無邪気にそう思っていた昨日の自分が哀れにすら思える。

（どうすればいいんだろう）

尚梧が帰ってきたら、真偽を質せばいいんだろうか。

だが、黒河の言うことがもし正しかったら？

この幸福な日々に、ピリオドが打たれてしまうかもしれない。

『あいつの言うことなんか信じるなよ』

そう言いながら、いつものように頬を撫でて欲しい。なのに、どうして。

（あの手の熱が思い出せない……）

頬に残るのは尚梧よりも少し細い、神経質そうな長い指の感触だった。

尚梧の言葉を、キスを、眼差しを信じていないわけではない。

けれど信じきれない自分を無視することもできなくて……。

きっとこの感覚を「途方に暮れる」と呼ぶんだろう。煙草の煙や白い風景に呑み込まれて、いま自分はありとあらゆるものを見失っているんだ。それでもひとつだけ確かなことがある。

最初から最後まで、ぜったいに変わらないもの。

（尚梧さんが好き……）

この気持ちだけは誰にも曲げられないし、変えられない。

たとえ騙されていたんだとしても、これだけは変わらないから。

（この恋の結末がハッピーエンドでも、バッドエンドでも笑える強さを胸に養おう）

目を瞑って心にそう誓うと、少しだけ視界が開けたような気がした。

――涙は流さない、まだすべてが終わると決まったわけじゃないから。リミットぎりぎりまであの人の隣で笑っていよう。泣くだけならいつでもできるから。

「大好き、尚梧さん……」

吐息に尽きない思いを乗せて、凜はいまにも掻き消えそうな白い風景を瞳に焼きつけた。

4

尚梧《しょうご》が帰宅したのは、凜《りん》がバルコニーから戻ってすぐのことだった。

「悪い、遅くなった」

「ううん、おかえりなさい」

待ち望んでいた腕に、抱き締められる感覚を全身で感じ取る。尚梧のくれる熱が無性に懐かしくて、凜は離されまいと、ぎゅっとコートにしがみついた。だが——。

「なんでこんなに冷えてるんだ」

触れた体のあまりの冷たさに驚いたのか、その場で服を脱がされると凜はすぐさまバスルームに放り込まれてしまった。同じく外で凍える思いをしたらしい尚梧が、すぐに追いかけてきてバスルームを閉ざす。

（あ、熱い……）

背後からきつく抱き締められて、尚梧の体温が背中に押しつけられた。

マイナスに近い外気で凍っていた凜の肌に、尚梧の体温は痛いほどに熱く感じる。

「こんなに冷えきって、いったいどれだけ外にいたんだ」

「わかんない……雪に夢中だったから」

「——それはちょっと、妬《や》けるな」

クスっと吐息が耳元で笑う。くすぐったさに身を竦めると、熱い舌が首筋を這い回りはじめた。

「ん……」

その刺激に立っていられずタイルに手をつく。

より無防備になった凜の体に、尚梧の両手がゆっくりと伸びてきた。

「あ……っ、ン……」

「凜はココを弄られるのも好きだよな」

寒さのせいで屹立していた胸の尖りに指がかけられる。

ほんの少し爪を立てられるだけで、恥骨の奥がジン……と甘く痺れた。

「こういうのも、好きだろ」

何度もきつめに扱《しご》かれてから、今度は指の腹でくるくると回される。もどかしいけれど官能の芽を孕《はら》んだ感覚に、ひとりでに腰がわなないていた。

尚梧が空いた手でシャワーのコックを捻《ひね》る。熱い飛沫《しぶき》が肌の上に散った。

「あ……ぁ……っ」

「触るのはココだけでいいのか」

自分から言葉にするまではここしか触れてもらえないのだと、凜はすでに嫌と言うほど教え込まれていた。くり返し何度も焦らされて、そのたびに狂うような思いをさせられている。

「それとも、凛はココだけでイける？」

「む、り……、前も触って……」

「どんなふうに」

「やさし……く、して……」

乳首を刺激されただけで緩く勃ち上がっていた部分を、尚梧の片手が捕らえて持ち上げた。

直後に、後ろから耳朶を食《は》まれる。

「嘘ばっかり。凛は意地悪な方が好きだろ？」

言いながら、尚梧の手がシャワーの照準を凛の下腹部にあてた。

「ああぁ……ッ」

凛の啼き声がバスルームに反響する。それを聞きながら、尚梧は少しずつシャワーの水勢を上げていった。

「あ、ぁ……、や……ッ」

敏感な箇所を指ではないものに弄られながら、恥ずかしくも腰が揺れてしまうのを自分では止められない。だがその揺れに合わせて尚梧がシャワーを動かすので、いくら腰を振っても凛がこの酷《ひど》い仕打ちから逃れられることはなかった。

「もぅ……、ダメ……っ」

「まだ早いだろ、凛」

今度はシャワーヘッドごと先端に押しあてられて、ガクガクと腰が震えた。

崩れそうになった凜の体を後ろから支えながら、尚梧の手がなおもヘッド部分を押しつける。グリグリと動かされるたびに、凜の体を絶頂が駆け抜けていった。けれど周到な指に根本を縛められて、本当の終焉《しゅうえん》はいつまで経っても訪れてくれない。

「……っ、ぁ……ッ」

唇を嚙んで必死にその快感に耐えながら、凜は後ろに回した手で尚梧のモノをつかんだ。硬く張り詰めたそれが欲しくてしょうがないのだと、必死に訴える。なのに。

「————……っあ」

急に縛めを解かれて、凜は足先まで痙攣させながらシャワーヘッドに白濁を叩きつけた。

その間も続けられる刺激に気が遠くなる。

けれど本当に凜の意識を遠のかせたのは、耳元に囁かれた尚梧の言葉だった。

「あと二回イッたら入れてあげるよ」

バスルームに響き渡る凜の悲鳴は、その後しばらく止まなかった。


そうしてはじまった行為が終わったのは、けっきょくベッドの上だった。その間も降り止むことのなかった雪が、いまも勤勉にこの街を白く塗り替えている。

「眠らないのか」

「うん、まだ平気……」

あのあとシャワーを浴びるなり眠ってしまったので、そろそろ日付が変わろうというこの時刻になっても凛の意識は変に冴えたままだった。

寝室の窓に手をつき、漆黒の空をはらはらと舞い落ちる雪を眺める。

「眠れない、の間違いじゃないのか」

「どうして」

「こっちを向いてごらん、凛」

隣に立った尚梧に顎を取られて、視線を上向ける。

じっと見つめてくる深い眼差しを、凛も無言で見つめ返した。

「もしかして――」

訝《いぶか》しむような風情を眉間の辺りに漂わせながら、尚梧がすっと片目だけ眇める。

「妊娠した？」

「そんなワケないでしょ、まったく」

少しだけ笑って凛は触れるだけのキスをした。すぐに追いかけてきた唇に捕らわれて、深いキスを何度もくり返す。

「ほかに、何か見えた？」

「……いや」

感情の機微に聡い尚梧のことだ。凜の変化をどこかで感じ取っているのかもしれない。

昨日とは違う、今日の凜を――。

確かに昨日までの自分だったら、こんなふうに隠し事なんてできなかったろう。

でも、もう気づいてしまったから。

（あなたの、手管に）

『あいつに何か言われなかったか』

そう何度か訊ねられたけれど、凜は何も言わずに首を振っておいた。

黒河《くろかわ》に言われたことをわざわざ尚梧に確認する気はない。帰ってきた尚梧はあまりにいつもどおりだったし、それに時間が経てば経つほどなんだか馬鹿げた嘘のように思えてきたから。

けれど、一度だけ――。

『ねえ、俺に隠し事してない？』

凜は試すような気持ちで、一枚だけ手持ちのカードを切った。

『あるわけないだろ、そんなの』

即座に言いきった瞳の奥に、一度だけ明滅した動揺があるのを凜は見逃さなかった。

（嘘は――ついてるんだね）

それがどんな内容なのかまでは聞かない。凜にとっては、尚梧が「何かを隠している」その事実だけで充分だった。そしてそれを鮮やかに嘘で流した手腕。それを目の当《ま》たりにして、何が本当で何が嘘なのか、凜は次第にわからなくなっていた。

何を、信じていいのかすらも。

(尚梧さん……)

それなのに、まだ好きで仕方ない自分の恋心には感心すらしてしまう。

初めての恋だから、こんなにも根深いのだろうか。

(それとも、相手があなただから……?)

この人に傷つけられるのなら、きっとその傷口すら愛しいと思ってしまうだろう。

本当の言葉じゃなくてもいい、優しい嘘で構わない。

尚梧に好きだと言われてすごしたこの数日間は、凜にとって何よりの宝だった。

「あ……」

窓ガラスの風景が急に眩さを失った。

闇に沈んだ東京タワーが、この日々の終わりが一日近づいたことを教えてくれる。

「なあ、知ってるか」

キスのくり返しで痺れた唇を触れ合わせながら、尚梧が間近で囁いた。

「消灯の瞬間を一緒に見たカップルは、幸せになれるらしいぜ」

「ジンクス?」

「そう」

「――まるで夢みたいな話だね」

尚梧の腕に抱かれながら、凛は淡い夢のようなこの日々の結末を思った。

5

六日目は朝から夕方まで、凜は尚梧を求め続けた。

明日にはすべての魔法が解けて、現実に帰らなくてはいけない——。

そう思うと一分一秒すらが惜しくて、凜はひたすら尚梧を欲しがった。

『こんなペースじゃ凜の体が保《も》たない……』

気遣う声にも首を振り続け、ただでさえ酷使している体に鞭《むち》打つようにして快楽を求めた。

『どうかしたのか、凜……？』

何度もくり返される尚梧の問いに、凜はただ笑って「明日には帰らなきゃいけないから」とそれだけが理由のように答え続けた。

(だからいまのうちに)

尚梧のキスを、肌を、声を、熱を。

そのどれがなくても生きていけない生物のように、求めては溺《おぼ》れて、また求める。

自分を抱いてくれる腕の確かさを、体の中心を穿《うが》つ熱い質感を、奥深くに放たれる欲望の熱さを、そのすべてを記憶したかった。

この恋がこんなにも苦しい経過をたどるなんて、五日前には思ってもみなかったけれど、この先どんな結末を迎えたとしてもこの恋を後悔することはきっとないだろう。

どんなに痛くて苦しくても、この恋をしなければ知らないことがたくさんあったから——。

「今日は俺が夕飯、作るね」

夕方からは念願だった買い物にもいき、凛の手料理で最後の晩餐を飾った。

食事中の他愛ない話に何度となく尚梧の顔が綻ぶ。その笑顔を胸に焼きつけながら、凛は目頭が熱くなるのを必死で堪えた。

(泣かない、って決めたから)

できれば最後の瞬間まで笑っていたい。

尚梧の記憶の中でいつでも自分が笑っているように……。

食後の片づけを終えたときには、もう夜の九時を回っていた。あと数時間で明日が今日になってしまう。リビングの窓辺に立つと、今日も変わらず東京タワーの赤い灯が夜空に映えていた。

ここからの眺めも、もうあと少しで見納めだ。

「あ、降ってきた」

夕刻には降り止んでいた雪が、またチラチラと風景を滲ませはじめる。今年の冬将軍はどうあってもこの街を白く染めておきたいらしい。

「明日も冷えそうだな」

いつのまにか背後に立っていた尚梧の両腕が、凛の腰に回される。ベルベットのパーカー越しにその体温を感じながら、凜は首だけを傾けて後ろを窺った。

「ねえ、尚梧さん……」

「ん？」

できれば自分の声を、言葉を、少しでも覚えていて欲しいと思う。

それから二人で海辺を歩いたことや、買い物にいったこと、体を重ねる以外にもこんなふうに穏やかな時間が二人の間に流れていたことを――。

胸の片隅でいいから、しまっておいて欲しい。

「……何でもない」

言葉にできなかった気持ちを両手に託して、凜は尚梧の腕に縋った。

それからタワーの灯が落ちるまでの間、ベッドでひとしきり昔話に花を咲かせてから、凜は尚梧と並んで眠りについた。

やがて訪れる、閉幕の予感を胸に――。

「おはよう、凜チャン？」
七日目の朝――。目覚めた凜を出迎えてくれたのは、神経質そうな指がサイドテーブルで刻む、不規則なリズムの音だった。

「もう十時だよ、まだ寝てる気？」

「……ん」

無意識にベッドの上を滑っていた掌にシーツのひんやりとした感触が触れる。それは尚梧のいたスペースが、すでに空いて久しいことを告げる冷たさだった。

「あ……」

「さっそく君を引き取りにきたんだけど」

瞠目した瞬間、黒河の酷薄そうな笑みに迎え撃たれて、凜はすべての結末を悟った。

（ああ、捨てられたんだ……）

どうしてという思いよりも、やはりという気持ちが苦く凜の胸に広がっていく。

昨夜まではまだ『もしかしたら』という希望をほんのわずか抱いていたけれど……。これが尚梧の出した結論だと言うのであれば、自分はそれに従うまでだ。

「────……」

言葉もなく、黒河の眼差しを見返す。

揶揄と皮肉とを足して二で割ったような微笑みが、凜の視線を引いてさらに毒気を深めた。

「あいつなら、とっくに仕事いったよ」

凜の眼前にぶら下げたキーホルダーを、黒河がこれみよがしに振って見せる。

「君については勝手に引き取りにこいって、俺に合鍵だけ渡してね」

サイドテーブルにほど近い場所までずるずると引きずってきた椅子に、黒河が腰掛けて脚を組む。スーツ姿が動くたびに、嗅《か》ぎ慣れない煙草の匂いが鼻をついた。

まとわりついて離れないタールの匂いが、部屋にまだわずか残っている尚梧の気配を、すべて掻き消してしまいそうな気がする。

「さーて、どうしようか」

天井に向けて放り投げた鍵を、的確に宙でキャッチしてからまた黒河が笑った。

「とりあえず、お試しで一回ヤっとく？」

おもむろに伸びてきた手が頬に触れようとするのを、凜は顔を背けて避けた。

「おやおや、そういう態度？　俺、強姦とか楽しめちゃうクチだけど、どうする？」

さも楽しげにそんなことを言いながら、懲りない手がもう一度伸ばされる。それを今度はシーツに叩き落とすと、凜は真っ直ぐに黒河の不穏な眼差しを見据えた。

（好きにすればいい、できるものなら）

このまま、黒河のいいようにされる気はなかった。

秘めた決意を眼差しに乗せて、厳然と突きつける。

「そういう目は逆効果にしかならないって、教わらなかった？」

「――――」

だが、数秒ほど宙で闘わせた視線を。

「ハハ、なーんてね」

先に飽《あ》いたように逸らしたのは黒河の方だった。

「つーかこんなの、三文小説にもなりゃしねーよなぁ」

緊張の糸が急に断ち切れたかのようにスーツの肩をぐにゃりと落として、黒河がさも残念そうに一度だけ指を鳴らした。

「君が女の子だったら、このシチュエーションも買いなんだけどね」

（え……？）

この場にそぐわない台詞を立て続けに聞いた気がして、凜は思わず目を丸くした。

「それにしてもずいぶん嫌われたもんだな。あー……まあ、あんな嘘つきゃ当然かー。やべえ、正直けっこうショック受けてる」

黒河が鼻梁《びりょう》を歪ませながら、苦く笑う。

「ごめんな。復讐というか、俺の八つあたりに巻き込んじまってさ。君には関係ないのにな」

視界にフェードインしてきた黒河の手が、二度ほど凜の髪を撫でてからゆっくり引いていった。その動作をわずかに目で追うだけが、凜にとっての精いっぱいだった。

「ホントごめんな」

瞬きすら忘れて、黒河の薄い唇が次々と言葉を紡ぐのを見守る。

「ま、失恋したてでイラついてたってのもあるんだけど、あいつの片思いが報われてんの見て、癪《しゃく》に障《さわ》ったっていうかね。あげく一週間も勝手に休み取りやがってさ、おかげで俺らがどんだけ苦労させられたか、っていう――……」

黙り込んだ凜の表情を見て、黒河の淀みない台詞群がふいに途切れた。

「……もしかして、いまバレた感じ？」

それは黒河にとっても予想外の事態だったのか、言葉を失った薄い唇がそのまましばらく空虚な沈黙を保った。

（片思い……？　一週間のお休み……？）

咄嗟に回らない頭が、黒河の言ったフレーズをくり返す。

いや、それ以前に――。

（なんだ……全部、嘘だったんだ……）

そうわかった途端、急に涙が溢れ出した。パタパタと落ちた雫《しずく》がシーツの表面を打つ。慌てたようにポケットを探った黒河が、出したハンカチで凜の頬を拭った。

「うーわゴメン！　あいつに聞けばすぐデマだってわかると思ったんだよ……！」

不敵な色などすっかり消し飛んだ瞳が、真摯な面持ちでもう一度「ゴメン…」と視線を弱らせる。

「どうしよう……俺、すげー極悪人じゃん」

そう言って弱ったように眉をよせる表情があまりに似合わなくて、凜はほんの少しだけ口元を緩めた。つくづく黒河という人間は外見と中身とのギャップが激しいらしい。自分よりひと回りも年上の黒河が急に可愛く見えてくるほどだ。——と、そのとき。

「起きたのか、凛」

ガチャリと開いた扉から、ヘリンボーンに身を包んだ尚梧が顔を覗かせた。

どうやら外出していてこの場に不在だったらしい。

その手には外資系コーヒーチェーン店の紙袋と、朝刊とが握られたままになっている。リビングを経由せず、帰宅後すぐにこの部屋に足を向けたのだろう。

(尚梧さん……)

「朝食用にパンケーキとスコーンを買ってきたんだけど、凛、メープルシロップ平気だったよな……って、なんで黒河がいるんだ」

「よう、元気……？」

ベッド際で力なく手を上げた黒河に、人すら射殺せそうな尚梧の眼差しが扉口から鋭く放たれた。

「何のつもりだ。勝手に上がり込みやがって——……って、凛？」

昨日となんら変わりない様子の尚梧を認めた途端、またホロリと涙が零れた。

泣いている凛と黒河とを交互に見た視線が、一気にマイナスの冷気を漂わせはじめる。

「——クロカワ」

「うーわ、俺、二回は殺される……」

神妙な顔つきで呟いた黒河が、尚梧に首根っこをつかまれて引きずられていくのを。

「えーと……」

凜は何とも言えない心地で見送った。


身支度を整えてリビングに向かうとすでに黒河の姿はなく、憮然《ぶぜん》とした表情の尚梧がソファーに座っているだけだった。

「黒河さん、は……？」

夜明けとともに冬将軍の猛威も去ったのか、昨夜から残る雪に乱反射した陽光がいくつも室内に差し込んでいる。逆光でよく見えない尚梧の表情にじっと目を凝らしたところで、先に聴覚の方が小さな溜め息を拾った。

「とっくに叩き出したよ。あの口先三寸男、やっぱりよけいなこと吹き込んでたな……」

「聞いたの……？」

「吐かせた、全部」

ざっくりとした黒いタートルにチノパンというラフな格好でソファーに沈みながら、尚梧が組んでいた脚をゆっくり解いた。

「――おいで」

静かな声音に呼ばれて、ソファーの前に立つ。尚梧の手が、凜の痩身を膝の上に導いた。

「ここ数日おかしかったのは、そのせいか」

「……うん」

尚梧を信じきれなくて、それでも好きで仕方なくて——そばを離れられなかった。

「おまえには本当に、嘘なんかついてないよ」

膝の上で横抱きにした凜の手を取り、尚梧がその上に小さな包みを載せた。

「——コレのことは黙ってたけどな」

「これ……？」

「俺から凜へのプレゼント」

それは黒い包装紙に、金色の細いリボンが幾重にも巻かれた小さな箱だった。

「開けてみ？」

促されるまま、リボンを解いて包装紙を開く。すると中から小さな箱が出てきた。開口部の隙間に指を滑らせたところで、ビロードの感触が指の腹を撫ぜる。

（あ……）

中から出てきた漆黒のケースを開くと、黒い台座にホワイトゴールドの輝きが見えた。

「貸してごらん」

尚梧とまったく同じデザインの、けれど少しだけサイズの小さい指輪を、

「——これで、凜は永遠に俺のものだ」

尚梧が凜の薬指に嵌めた。

（……尚梧さん）

そう言って抱き締めてくれる尚梧の指にも、サイズ違いの同じ指輪が光っている。

「これだけはどうしても自分で買いにいきたくて、外出したんだよ」

「じゃあ、あの日……」

「ああ、仕事だなんて嘘ついて悪かった。どうしてもおまえがここを出る前に渡しておきたかったんだよ。じゃないと、この一週間が幻になりそうで怖かったんだ」

（尚梧さんも、同じこと考えてたなんて）

耳元で告げられる告白を聞きながら、凜は尚梧の首筋にぎゅっとしがみついた。

「俺がいない間におまえが煙みたいに消えちまいそうな気がして、わざわざ黒河呼びつけて置いてったんだよ。なのに俺が戻る前に帰りやがるし、よけいなことは吹き込むし、とんだ逆効果だったな」

「ううん——そんなこともないよ」

あんなことがなかったら、きっと自分の感情を思い知ることなんてなかっただろう。

（こんなにも誰かを好きになるなんて、きっともう生涯ない——）

そう思えるほどに苦しくて、切なくて、痛くて……愛しくて。

こんなにも深い気持ちが自分の中に眠っているなんて思わなかったから。思いの通じ合ったあの日よりも、なんだかいまの方が幸せな気がした。

一昨日よりも昨日よりも、今日の方がずっと尚梧を好きで堪らない。

そうやってきっと明日の方が、未来の方が――。

尚梧の体にもたれながら、雲間から見えた太陽に指をかざすと眩しい煌めきが目に沁みた。

薬指に留まる、この重さが絆の証だ。

「ちょうど在庫がなくて……焦ったよ。今日に間に合ってよかった」

「もしかして、今日出かけてたのって……」

「ああ、コレを受け取りにいってた」

首にかけられていた凜の腕を柔らかく解いた尚梧の手が、指輪の嵌まった凜の手をひっくり返して掌を上向けた。コロンとその上に見覚えのあるキーホルダーが載せられる。

「これも、今日から凜のモノだよ」

「あ、これ……」

「さっき黒河から取り上げたんだ。あいつ合鍵持ってんだよ。一時期、ここでルームシェアしてたことがあるからな」

「そうなの？」

「去年の暮れまではな。俺の部屋の前に、もうひと部屋あるだろ？　あそこに半年も居候してやがったんだよ」

「じゃあなんで黒河さん、今日……」

「あ、言っとくけど、あいつとはそういう関係何もないぞ？」

「……誰もそんな心配してないから」

（そうじゃなくて）

そもそも、なぜ黒河が今日この家にいたのか。気になるのはそちらの方だ。

「ねえ、尚梧さん……」

横抱きにされていた姿勢から、尚梧の両足を跨《また》ぐようにして向かい合う。

心もち首を傾げながらそっと下から覗き込むと、視線に乗せた疑問を解したのか、尚梧があらぬ方角に目線を逃がしながら「あー……」と低く声を詰まらせた。

「なんで言い淀むの？」

「いや、あいつのフォローなんかしたくねーからな……——まあ、いちおうデタラメ吹き込んだの気に病んでたみたいだぜ？　それで様子見にきたとかほざいてたけど、俺の留守中に上がってる時点でアウトだっつーの」

（なんだ……）

積み重なった偶然と、少しの作為——。一歩間違えばすべての歯車が合わなかったろうに、どうやら運命のルーレットは、ずいぶん器用に回っていたようだ。

「まったくあいつ……どうしてくれような」

「でも、元はといえば尚梧さんが……」

「はいストップ。——あのな、俺はおまえのことになると理性飛ぶの。俺が一国の王だったらおまえの一言で国、滅ぼしてるよ？」

（それって威張れることなのかな……）

そんなことを堂々と言ってのける社会人ってどうなんだろう……と無言で考えていると、その沈黙に耐えかねたように「凜ー……」と唐突に尚梧が情けない声を上げた。

「頼むから俺を捨てたりするなよ……？」

いつもはあんなに自信たっぷりで、世界のすべてを手にしているように「余裕綽々《しゃくしゃく》」の文字が似合う男前なのに、こちらの反応を怖々と窺っている様子は、まるで耳を伏せた大型犬のようだった。犬種で言えばシェパードだろうか？

「そんなわけないでしょ」

自分のたった一言で、ピンと三角の両耳が持ち上がる。

そんな様がとても年上には思えなくて、凜は思わず両手で捕らえた尚梧の頰に唇をよせた。それを受けて尚梧の腕が凜の華奢な腰を抱く。

実年齢や社会的年齢ではとても尚梧には追いつけないけれど、なんとなく精神年齢でなら追い越せそうな気がする。

（なんて言ったら、怒られるかな）

頰に口づけていた唇をずらして、尚梧の鼻の頭に軽いキスを落とす。

間近で目が合い、気づいたらどちらからともなく笑い合っていた。くすぐったい吐息が凜の髪を掻き分けて、耳の裏に触れる。

「なあ」

「何……？」

「俺以外の男にもう涙なんか見せるなよ」

「なんで――」

言葉の意図がつかめずに訊き返すと、急に腰に回されていた腕に力が込められた。

「……やれやれ自覚なしか。凜はただでさえ誘惑じみたフェロモン背負ってるんだから、涙なんか見せたら、世界中の男が引っかかるに決まってるだろ」

「フェロモン？」

「そう。凜の笑顔ひとつで落ちる男が、世の中にはゴマンといるんだよ」

なんだかどこかで聞いたような話だな……と思ってから、すぐに出所に思いあたる。

（というかそれって、まんま尚梧さんのことなんじゃないの……？）

似た者カップルというフレーズが脳裏をよぎって、ふいに高島の顔が思い浮かんだ。

尚梧と再会したあの日からの出来事を、いったいどんなふうに話そう。この一週間、たくさん笑ってたくさん泣いて、それからたくさん悩んだけれど。

その分、前よりも強く逞《たくま》しくなれた気がした。経験を糧《かて》にする術《すべ》を覚えたから、もうあんな仮面で気持ちを誤魔化すことも減っていくだろう。

ありのままの自分を受け止めてくれる人がいる——。

ただそれだけで、人はこんなにも強くなれるのだ。

「ところで春休みはいつから」

「えーと、まだ先だよ。三月に入ってから」

「休みになったら即、攫いにいくよ。そしたらまた、二人で暮らそう」

「うん、もちろん。——でも」

向かい合ったまま尚梧の首に片腕をかけると、凜はとびきりの笑顔で釘を刺すのを忘れなかった。

「今度は仕事、サボらないでね——？」

そもそも尚梧が「一週間の休暇」などを強行しなければ、あんなややこしいことにはならなかったに違いない。その点においては、黒河も立派な被害者だ。

「……これは尻に敷かれそうだな」

「え？」

「何でもない」

そっと頬に添えられる掌を感じながら、凜は唇を割ってきた熱に応えて舌を絡めた。だがすぐに深く、激しく求められて、慌てて性急な唇を遠ざける。

昨日の時点で『昼すぎには帰る』と、家には連絡済みなのだ。

「ダメだよ尚梧さん……っ、時間が……」

こんな昼間からの情事で、母親との約束を反故《ほご》にするのはさすがに気が引ける。

「あ……っ、ダメ……」

与えられる愛撫から懸命に逃れようとするも、強固な腕の檻《おり》は滅多《めった》なことでは崩せそうになかった。

「もう帰らないと……ア……ッ」

昨日の名残のせいか、いつも以上に体が過敏になっているのは凜自身も自覚済みだ。

それなのに――。

「すごいな。たったこれだけで、凜はこんなになっちゃうのか？」

それを思い知らせるように耳元で低く囁かれて、凜は今にも陥落しそうな意識を必死に奮い立たせた。けれど、それも数秒の命。

「さっき変更の電話を入れておいたから大丈夫。夜までに戻れば平気だよ」

続けて囁かれた言葉に、凜の理性は脆《もろ》くも結び目を解かれてしまった。そうしてけっきょく太陽が傾くまで、二人はソファーの上ですごした。

――ちなみにその後も運命のルーレットは、くるくると回転を続けていた。

凛の実家よりも自分のマンションからの方が通学に便利なことを、尚梧はどこからか嗅ぎつけてしまったらしい。策士の周到な根回しによって、凛は春休みのはじまりを待たずに尚梧との共同生活をスタートさせることになった。

どうやら「家庭教師付き」というセールス文句が、母親の心を揺さぶったらしい。

（どっちかっていうと、夜の勉強ばっかり教わってるんだけどね……）

おかげで感度はずいぶん磨かれたが、そのせいで苛まれるのは凛自身なので、喜ばしいとはとても言いがたい。

「ああ、お見合い？　あれは相手がドタキャンしてご破算になったよ。……うん、こっちとしては助かったんだけどね」

三月の風に吹かれながら、まだ少し冷たいバルコニーの手摺りにもたれかかる。

春めいた澄んだ青空を背景に、今日は一段と東京タワーが映えて見えるような気がした。

『なんだ、つまんねーの。次の見合いは？』

「お生憎《あいにく》。そんな話はまだきてないよ」

『ちぇっ、もっとこう、センセーショナルな話題をがっつり提供して欲しいよなー』

「あのね、リョウを楽しませるために恋愛してるわけじゃないからね」

高島《たかしま》との下らない会話を続けながら、凛は階下の公道を眺めた。じきに銀色のセダンが、あそこを通るはずだ。今日は午後から一緒にランチにいく約束をしているから。

風に煽られて、ハラハラと白く小さなモノが宙を舞った。

あの日、雪で一面を白く染めていた風景が、いまはまた違う色に覆われはじめている。

視界の端々にかかる薄紅色の靄《もや》――。いまはまだ早咲きの桜ばかりだけれど、すぐにこの辺り一帯の花が咲き乱れ、豪勢な盛りの時期を迎えるだろう。

風に散る花びらを眺めながら、凛は銀色の輝きが街路樹の間に見え隠れするのを待った。

「――そういえば、ずっと聞きたかったんだけどさ、アレってなんでわかったの」

『アレ？』

「ほら、初恋が叶うかも……って言ったろ」

『あーアレか。そんなの一目瞭然。つーか初めて会ったとき、俺、あの人にどんだけ睨まれたと思ってんの？　目で殺されるかと思ったぜ』

「それは――ゴメン、ていうか」

『尚梧さんてさー、かなり嫉妬深いよね。こないだ会ったときも俺、軽く牽制《けんせい》されたし？　ここまで警戒されると、逆に手ェ出してやろうかなーみたいな気に』

「なんないでくれた方が平和のためかな……」

『あはは！　だからこの恋は叶うって、あの日思ったんだよ。よかったね、凛』

「……うん」

『俺が気の利く、いい友人で』

（なんだ、そっち……？）

思わず苦笑すると『嘘だって、凜が幸せになってよかったって心から思ってるよ』と、高島が電話口で笑った。

コンコン、と――背後で窓ガラスが鳴って振り向く。

するといつのまに現れたのか、スーツ姿の尚梧がリビングに立ってこちらを見ていた。

「あ、尚梧さん戻ってきたから……またね」

きりよく通話を終えて戻ると、何やら尚梧の眉が片方だけ妙に吊り上がっている。

この表情も、最近はすっかりお馴染みの顔だ。

「いまの高島？」

「うん。そうだけど」

「……フウン」

どうも第一印象をいまだに引きずっているらしく、高島が話に絡むと尚梧の機嫌はいつも少しだけ傾いてしまう。

（まったく――ただの友達だって何回言えばわかるんだろう）

そう呆れるよりも、愛しさが先に立ってしまうのは惚れた弱みなんだろうか。眉間に厳《いか》めしくよったシワを見つめていると、ふいにそれがふわりと緩んだ。

「曲がってるよ、タイ」

「あ……」

ランチタイムにもドレスコードがあるという店に合わせて、今日は凛もフォーマルよりの服装を心がけているのだが、いかんせん着慣れないためネクタイを結ぶのに先ほど十五分も費やしてしまったところだ。

「こうしてこうすれば、もう歪まない」

その努力の果てに生まれた不格好な結び目を、尚梧はものの十秒で鮮やかに直すとついでのように凛の耳元に軽く唇をあてた。

「気をつけないと、つい脱がしたくなるな」

「……尚梧さん」

ここできちんと釘を刺さないと、本当に脱がされかねないので要注意だ。

きちんと仕事に戻った尚梧のペースに合わせて、最近は基本的に週末しか抱かれていないのだが、尚梧としてはどうもそのサイクルに不満があるらしく、ふとした瞬間に火が点いてしまうことがあるのだ。昨日などがまさにそれで、凛が作った昼食を食べに一度戻ってきたはずなのに、気づいたら美味《おい》しく食べられていたのは凛の方でした、なんてことも起こり得るので油断ならない。

「そういえば、今日は車じゃなかったの？」

さすがにその二の舞を演じるわけにはいかないので、さりげなく話を逸らしながら凛は尚梧の背中を玄関へと押しやった。

見慣れた車体を自分が見逃すはずがない、という多少の自負も胸にはある。

「いや、下に黒河の車を待たせてる。うんと高いコースを予約させたから、今日は豪勢だぞ」

「……黒河さんもたいへんだよね」

こんなふうに黒河の奢りで食事にいくのは、今日が初めてではない。

だが、自らも必ず同席して舌鼓を打っているあたり、彼もそう不幸ではないのかもしれない……とは最近ようやく思いはじめたことだ。そのうえ、ときには経費で落としているという話も聞くので、もはや懺悔《ざんげ》なのか、ただの道楽と化しているのか、そのへんの境界線もだいぶ曖昧《あいまい》だった。

「明日は午前中だけだから、午後からどこか出かけようか」

「本当？」

「ああ。どこかいきたいところは」

そう問われて、ふいにデジャヴのように耳奥で波の音が聞こえた気がした。

あの日、冬の曇り空に圧迫されていたあの寂しげな海岸にも、いまはずいぶん穏やかな風が吹いていることだろう。

「あの海……」

「海？」

「うん、海が見たい」

あの日、あの場所からはじまった恋がいまもこうして続いていることを、もう一度あの空の下で確かめてみたい——そんな気持ちに駆られた。

「じゃ、決まりだな」

「うん」

エレベーターで一階まで下り、瀟洒《しょうしゃ》なエントランスを抜けたところで吹いてきた春風が柔らかく頬を撫でていった。どちらからともなく伸ばした手を繋ぎながら、街路樹のそばに停められた黒河の愛車を目指す。

(ねえ、尚梧さん)

この温もりに触れるだけで、まだチクンと胸に刺さる痛みはあるけれど。

(これって恋の痛みなんだね……)

甘くて楽しいだけの恋なんてどこにもない。むしろ、痛くて切なくて苦しいのが恋なんだろう。

何しろ相手に、「心」を奪われてしまうのだから——。

「わあ」

空に差し出した掌に花びらが降りかかる。

(どうか願わくは、来年の桜も雪もまた二人で見られますように……)

そう心の中で祈りながら、凛はそっと花びらを握り締めた。

真夜中のソナチネ

プロローグ

（昨夜は久しぶりにすっごいよかった）

顔も好みで、体の相性もよくて。

遊び相手としてはパーフェクトだと思ったんだけど――。

「……これはないな」

朝方のベッドで健やかに眠る男の顔を眺《なが》めながら、高島《たかしま》遼《りょう》は緩《ゆる》く首を振った。ベッド脇に腰かけた遼の手には、寝ている男のものと思《おぼ》しき名刺がある。つい先ほど、男の持ち物を漁《あさ》って出てきたものだ。下の名前だけなら昨夜の時点で把握していたのだが、苗字を知ったのはほんの数分前のことだ。

いつものお遊びならそれで充分なのだが、今回はジョーカーを引いてしまったらしい。

「よりによって、だね」

壁際のナイトテーブルに手を伸ばして、その上にあったレザーブレスに手を伸ばす。革紐《かわひも》を編んで作られたそれは、遼にとってはひどく見覚えのある物だった。自分が作った中でもいちばん気に入っていた渋いカラーリングのブレスは、先月の学園祭で来客に向けて販売したものだ。いや、正確に言うとそれを買ったのは、親友の沢村《さわむら》凜《りん》だ。彼はあの日、二本のブレスを買った。一本は恋人へのプレゼントで、そしてもう一本は恋人の同僚に贈るのだと――。

『いつもお世話になってる、クロカワさんに贈るんだ』

そう言っていたのを覚えている。昨夜この部屋にきたときは夢中すぎて気づかなかったけれど、起きていちばんにこれを目にした時点で、ワンアウト。

（そういえば前にも、そのクロカワさんの誕生日がくるからって……）

プレゼント選びに付き合わされたことがあった。あの日、自分のアドバイスで凛が買ったのは、落ち着いたグレーのレジメンタルタイだった。慌てて漁ったクローゼットでそれを見つけたときにツーアウト。ここまできたら、氏名を確認しないわけにいかない。床に放られていた鞄《かばん》から名刺を引っ張り出した瞬間にスリーアウト、三振だ。

シンプルなデザインながら素材とフォントに凝《こ》った名刺には、「黒河審哉《くろかわしんや》」と記してあった。

要するにこの男は、親友の恋人である衛藤尚梧《えとうしょうご》の同僚ということだ。

「――やっちゃったなぁ」

名前だけなら何度も聞いた覚えがあったが、顔までは把握していなかったのが今回の敗因と言える。

（てか、普通そこまで把握してないじゃん？）

言い訳めいた言葉を胸に、遼はシーツに腰を沈めたままガクリと首を落とした。

分厚い遮光《しゃこう》カーテンのおかげで、いまだ夜めいた気配が漂う室内に空調の密やかな稼働音が響く。

その中に溜め息を紛れ込ませながら、遼はナイトテーブルにブレスを戻した。名刺は人差し指で弾いて飛ばす。うっすらと灰色がかった紙片が、音もなくラグの上に落ちた。

こうなったら長居は無用だ。寝息を立てている男が目覚める気配はいまだない。昨夜あれだけ出来上がっていたのだから、それも当然だろう。遼が家探しする間も、規則的な呼吸が乱れることはなかった。どうせなら、このまま永久に眠ってて欲しいくらいだ。

それが無理なら、せめて自分がこの家を出るまでは。

「このまま寝ててよ、黒河さん」

口中だけで小さく唱えてからベッドをあとにする。できれば軽くシャワーを使いたかったが、顔を洗うだけで済ませた。絞ったタオルで名残りの気になる場所だけ拭《ぬぐ》って、バスルームの脱衣かごに放り込む。裸のまま寝室に戻ると、遼は転々と落ちている自身の服を拾い集めた。

昨夜の盛り上がりを物語るように、キスの合間に脱いだ互いの服が絡まるようにして至るところに点在している。あのときは、こんな結果になるとは夢にも思っていなかったわけで。

(あーあ)

『近しい知り合いとは遊ばない』

自らに課してきた信条をいつの間にか破っていたことについてはショックだが、落ち込んでばかりもいられない。相手が起きる前に気づけたのは幸いだし、酒が入っていたことや昨夜の様子を考えれば、黒河もどこまで覚えているかは怪しいものだ。凜から聞いた話や昨夜の感触ではノンケなようだし、今後うっかりどこかで顔を合わせるようなこともないだろう。

このまま見咎《みとが》められずに家を出られれば、何も問題はない。

見方を変えれば昨夜の情事はひと晩のアバンチュールとして、それはそれでいい思い出と言えなくもない。顔は本当に好みだし、ベッドでの相性が格別によかっただけに二度目がないのは残念にも思えるが、面倒なことになるのはごめんだ。

気持ちよくて、楽しければそれでいい――。

遼が情事に求めるのはそれだけだから。愛とか恋とか、そんな感情はいらない。いつ切れても痛くないし、惜しくない。最初から体だけの関係と割りきった、ドライな繫《つな》がりが心地いいのだ。情の介在するウェットな関係なんて、面倒以外の何ものでもない。

（シたいときに会ってスるだけ）

どこの誰かなんて、気にせず遊べなければ意味がない。

だから、友人繫がりなんてしがらみはもってのほかだった。

衣服同様、散在していた中身を拾ってメッセンジャーバッグに詰める。この時間なら一度帰って着替えたうえ、朝食まで取っても余裕で朝のHR《ホームルーム》に間に合うだろう。身支度《みじたく》を終え、バッグに引っかけていたヘッドホンを首に下げたところで、ふいに衣擦《きぬず》れの音が背後から聞こえてきた。

次いで、いかにも寝起きというかすれ声が上がる。

「ここ、どこだ……」

見慣れた自分の寝室だろうに、そんなことを口走るくらいには寝ぼけているらしい。昨夜の酒が残っているのだろう。この分では何が起きたかも覚えていないかもしれない。

出口に向けていた進路を、遼は気まぐれにベッドサイドへと変えた。

「あんたン家だよ、黒河さん」

「ああ……？」

乱れた黒髪を掻き回しながら、黒河がのっそりと上体を起こす。ダブルベッドの傍《かたわ》らに立ったところで、黒河が眉を顰《ひそ》めながら視線をこちらに向けてきた。

（顔はホント、好みなんだけどな）

一言でいえば「酷薄そう」な顔立ちだ。

墨のように真っ黒な髪の隙間から覗く、切れ長の双眸《そうぼう》。眇《すが》めた眼差しには、獲物を狙《ねら》う猛禽《もうきん》類のような冷めた迫力がある。とおった鼻梁《びりょう》の下にある薄い唇も、ニヒルな笑みがいかにも似合いそうで、いまにも毒を吐くんじゃないかと見ているだけでもドキドキする。

ベッドで虐《しいた》げられる趣味はないが、この人にならなら少しくらいそうされてもいいかなと思ったのだ。でもいざ話してみたら、一気に印象が変わったのにはびっくりした。

予想外に人懐《なつ》こくて話好きで、屈託なく笑う姿は容姿の雰囲気を裏切る気安さに充《み》ちていた。

（そーいうギャップにまた弱いんだよね）

酒は苦手らしく、ほんの数杯で乱れていた昨夜の姿も、無防備に寝ぼけているいまの姿も、年上のくせにどこか頼りなげに見えて自分の琴線をくすぐるのだ。こういうタイプは仕事モードに入ると途《と》端《たん》にきりりとかっこよくなるパターンが多いので、そんな姿も見てみたかったなと思いつつ。

「黒河さん」

「んぁ……？」

もう会えないのかと思ったら、急に惜しい気持ちが湧いてきた。

「昨夜はありがとね」

少しだけ膝《ひざ》を曲げてから黒河の頬を包み、

「……っ!?」

覆《おお》い被《かぶ》さるようにキスをする。てきめんに固まった黒河から唇を離すと、遼は目線を合わせながらニッと口角を引き上げた。

「泊めてもらえて助かっちゃった。でも、お遊びはもうおしまい――。お互い、昨夜のことはなかったことにしよ？　たとえどっかで会ったとしても、蒸し返さないでね」

さりげなく釘《くぎ》を刺してから、「じゃあね」と踵《きびす》を返す。

（バイバイ、黒河さん）

ドア際で一度振り返るも、黒河の硬直はまだ当分解けそうになかった。

これで本当におしまい――。

いくら凜と繋がる線があろうと、こちらが気をつけていれば再び顔を合わせる機会なんてないだろう。ましてや黒河は自分がどこの誰かなんて知らないし、知りようもないのだから。

エレベーターで一階まで降りて、無人のロビーを通り抜ける。連続する自動ドアを抜けて吹きっ晒《さら》しのエントランスに出ると、すぐに外気の冷たさが身に沁《し》みた。首を竦《すく》ませながらパーカーのフードを被り、ピーコートの襟《えり》を立てて口元まで覆う。

襟をつかんだ指の隙間から、白い息がやるせなく滲《にじ》んだ。

「……また、いちからセフレ探しかぁ」

夜が明けたばかりで薄暗い景色の縁《ふち》に、うっすらと陽光の煌めきが入る。ここからいちばん近いだろう地下鉄の入口を目指しながら、遼は背を丸めて歩きはじめた。

1

顔立ちは、可愛らしいと評されることが圧倒的に多い。

美形とかそういう造作の整い方はしてなくて、いわゆる愛嬌《あいきょう》があるタイプ。

鼻は標準的だけど、目と口はちょっと大きめでバランスでいえば微妙だと思う。でも笑うと、口を揃《そろ》えて「可愛い」とよく言われた。それは小さい頃から、ずっとそう。

髪の色はアッシュグレイをこまめにキープしている。ヘアスタイルはわりと気まぐれで数ヵ月ごとに替えてしまう方なのだが、最近は右のサイドだけ残したアシンメトリーなショートレイヤーが気に入っていた。何よりこのスタイルだと、左耳のピアスが目立つのがいい。

外から見えるのは輪郭に沿って並ぶ五連ピアスのみだが、実を言えば「中」にも開けていたりする。と言ってもヘソなので、冒険というにはまだ序の口の部類だけど。ベッドでの評判は上々なので、そのうち舌とかほかのところにも開けてみたいなと、ひそかに考え中。

体格は、この年頃としては可もなく不可もなく？　個人的にはもう少し背が欲しかったけど、一七〇を越えた辺りで縦への成長は止まってしまったらしい。体質は母親に似たのか代謝《たいしゃ》がいいらしく、食生活が乱れても太ったことはない。我ながら、頭身のバランスは悪くないと思っている。

（これで身長さえあれば、モデル目指したかも）

なんて言ってみたところ、凜《りん》からは「また口先だけ」という突っ込みをもらったことがある。

性格は、人懐こくて人見知りしないタイプ……と周囲には思われてるはず。実際は外面がよくて、調子を合わせるのが得意なだけだと知っているのは、親友の凜くらいだ。人付き合いは苦手じゃないけど、プライベートに踏み込まれるのは好きじゃないから。たいがいの相手とは一線を引いている。だから、自分にとっての凜はちょっと特別な存在になる。

自分がゲイだという自覚を持ったのは、中学に上がる少し前のことだ。たった一人の家族である母親にはすぐ打ち明けた。『対象が異性でも同性でも、誰かを好きだと思えるのはいいことよ』と、母はこともなく自身の嗜好《しこう》性を受け入れてくれた。

家族からの偏見がなかったこともあり、遼《りょう》は学校でもオープンな構えでいた。色眼鏡で見る輩《やから》もいたが、大方《おおかた》の人間は取り立てて話題に上げることもなく、無難な付き合いをしてくれた。そんな中、凜だけが真正面からセクシュアルな側面に切り込んできたのだ。

同性に惹《ひ》かれる自分もゲイなのだろうか、と——。当時の印象ではずいぶん思い悩んでいるふうだったが、話を聞く限りでは凜のそれは局地的な思慕で、ほかの同性にまで向けられるものではないと思われた。初恋が同性の従兄《いとこ》で、いまだに忘れられないのだと、そう打ち明ける凜が少しだけ羨《うらや》ましく思えたのは、いまも内緒。

『べつに、同性だからって諦める必要なくね？』

何気なく発した自分の言葉が、凜にとっては救いになったらしい。

諦めなかったからといって報われるかはまた別問題だが、思い続けてもいいと知れただけでも心が楽になった、とはあとから凜に聞いた話だ。

自分の内情を包み隠さず明かしてくれた凜に、気づけば遼も自身の恋愛観などについて語るようになっていた。真性かそうでないかはよそにおいても、同性への思慕について明け透けに語れる相手は遼にとってでも貴重だった。いつしかポーズも忘れ、素《す》のままの自分を見せるようになった遼に、

『遼って本当、刹那《せつな》主義だよね』

凜は律儀にそんなダメ出しをし、真摯《しんし》な助言も惜しまずにくれた。高校に無事進学できたのは、凜のおかげだと言っても過言ではない。

進学前から変わらず遊び続けていた遼の横で、一途《いちず》に従兄を思い続けた凜は高一の終わりに年上の従兄との恋を成就させた。親友の実りを祝福したのは言うまでもない。――相手にちょっと問題ありと言えなくもないが、凜が幸せだというのなら口を出す幕ではない。

思い合う誰かと絆を深めるのが凜の恋愛なら、自分の恋愛は後腐《あとくさ》れのない相手といっときの快楽を共有することだ。「毎回、その場限りの恋がいい」と主張した自分に、凜はこう言った。

『それって、その場しのぎの間違いなんじゃないの』

そのときは笑って流したけれど、その後もいく度となく思い出すのはそれが真実をついていたからだろうか。ドライで割りきった関係を求める、その心の裏にあるのは――。

(うるさい、うるさい、うるさい……)

ふいに、耳を塞《ふさ》いで蹲《うずくま》る自分を俯瞰《ふかん》している気分になる。

これは夢だ。最近よく見る、悪夢といってもいいタチの悪い夢――。

よくよく見れば、蹲っているのは小さい頃の自分だ。何もないガランとした部屋で一人きり、膝《ひざ》を抱えている。窓の外は夜、明ける気配のない闇が静かに口を開けている。

どうして一人なの？　答える声はない。

いつまで一人なの？　応える声はない。

聞こえてくるのは、母が昔よくかけていたピアノ曲だけだ。

次第に大きくなり、不協和音に近くなったそれが、やがて違う旋律にじわじわと浸食されはじめる。加えて、自分を呼ぶ声が遠く聞こえた気がした。

（ああ、ただの夢だ）

言い聞かせるような独白を最後に、意識が急浮上していく。


ベッドに入ったのは日付の変わる前だったが、眠ったのはそれからだいぶ経ってからだ。

足らない睡眠を、二時限目までに補給するのが木曜日の常――。子守唄がわりに聞いていたエレクトロニカが、にわかに遠のいて喧騒交じりになった。

「ん……？」

両腕を枕にしたまま目を開けると、見覚えのあるブルーグレーのセーターが見えた。品のいい色合いは、端整な面差しを持つ彼の雰囲気によく合ったものだ。

少し遅れて、同居しているパートナーのものだろうトワレの残り香が鼻腔《びこう》をくすぐる。こちらは彼には合わない、重たい香りだ。そぐわない香りを移すことで自分の存在を主張したいという、独占欲の強い恋人の顔が見え隠れするようで閉口したくなる。――大人げないこと、このうえない。

「いいかげん起きなよ。次、移動だから」

ずらされたヘッドホンの隙間から、親友の声が聞こえてくる。

（あれ、木曜の三限って数学じゃなかったっけ）

返事の代わりに緩慢な瞬《また》きをくり返していると、ぐいっとさらにヘッドホンをずらされた。フードにまでジッパーが配されたミントブルーのパーカーに、エレクトロニカの残響がまとわりつく。

ポケットに滑らせた指で、遼はオーディオのスイッチをオフにした。

「忘れた？　今日の三限は音楽だよ」

「あー……」

言われてようやく思い出す。学祭前の準備期間で、いくつかの授業が交換になったシワよせが今月に入ってもまだ残っているのだ。

「……移動、めんどい」

「そろそろ出欠、やばかったよね。あとになって泣きついてきても、知らないよ？」

辛辣《しんらつ》な親友の台詞《せりふ》に反論の余地はない。折り畳んでいた腕を解くと、遼は「んーっ」と頭上に伸ばした。ようやくしっかりと見開いた目で辺りを見回すと、クラスの半分がすでに消えている。

見れば凛はすでに身支度を終えて、こちらの準備を待つばかりだ。

「今日の音楽って何」

「先週の続き。『アマデウス』の鑑賞だよ」

「あー、寝るわ」

「寝てもいいけど、来週には感想文提出だよ」

「平気。前に観てるし」

一時限目から出しっ放しになっていた現国の教科書を机にしまってから、ジャカード織りのメッセンジャーバッグに筆記用具を放り込んで立ち上がる。

「そのバッグ、初めて見るね」

「これはサイトーさんが、最後のプレゼントって」

「最後？」

「言わなかったっけ？　なんか、神戸《こうべ》の本社に抜擢《ばってき》されたんだって」

斉藤《さいとう》はアパレルメーカーの支部マネージャーを勤めていた男で、気兼ねのいらないセフレの一人だった。好きなときに会って、ごはん食べてセックスして、そんな関係が二年近く続いたろうか。遼としてはこのまま続いていたい相手だったのだが、転勤とあってはそうもいかない。

「とうとう最後の一人も、だね」

「そーゆこと」

先に立った凛に続いて教室を出ると、途端に冷気がパーカーから覗く首筋を舐《な》めていった。

さすがに十二月初旬ともなると、冷え込みは厳しい。暖房の利いた室内で温《ぬる》んだ体には、廊下の空気ですら堪《こた》える冷たさだった。片脚だけ上げていたカーゴパンツの裾《すそ》を直してから、ヘッドホンの代わりにもらい物の黒いマフラーで首をグルグル巻きにする。

「ちなみにこれは、スズキさんのおさがりね」

「それって……こないだ結婚が決まったって人？」

「そーそ。出来ちゃった婚らしーけど、すげー嬉しそうにしてたよ」

フリーライターの鈴木《すずき》と切れたのは、斉藤から転勤の話を切り出される数週間前だった。結婚の報告におめでとうを言って、そのまま「じゃあね」と別れた。その数日前に別れたのが外資系の製薬会社に勤める篠田《しのだ》で、彼はもともと数ヵ月で本社に戻る予定だったのでこれは想定内の別離だった。

いずれの相手とも、円満に別れたのでいっさいの後腐れはない。

（そういう相手を選んだんだから当然だけど）

ただ、通常三人はキープしていたいストックがほぼいっぺんに消えてしまったのには参った。

「そんなわけで、セフレ急募中なわけ」

「へーえ。それで？　昨日のメールの人はどうだったの」

「え」

前を歩いていた凛が振り返りながら一度足を止める。追いついた遼が肩を並べたところで、こちらの顔を覗き込みつつ歩みが再開される。並行して廊下を進みながら、遼は「あー……」と声を鈍らせつつ、手遊びにピアスを弄《いじ》った。

「メールなんか送ったっけ」

「もらったよ。さっそく、イイ人見つけちゃったーってね」

言われてみれば、送ったような気がしないでもない。

こんな顛末《てんまつ》になるとは予想していなかったので、黒河《くろかわ》を落としにかかった時点で報告してしまったような覚えがうっすらとだがあった。酒に弱い黒河のグラスを何度か横から拝借したので、実を言えば遼の記憶も少々曖昧《あいまい》な点がある。

「んー……結果から言うと大失敗、かな」

「でも今日、朝帰りだよね」

「…………っ」

一度帰ってシャワーも浴びたし、服だって着替えた。痕跡はないはずなのに、鋭い指摘に声を詰まらせると、「やっぱり」と凛が浅く息を吐き出した。

「カマかけかよ」

「だって遼、そういう相手逃したことないじゃん」

「まあね」

「そこ威張《いば》るとこじゃないし、威張れた話じゃないからね」

あくまでも辛辣な意見を右から左に聞き流しながら、遼は頃合いをみて「ところでさ」と話の向きを変えることにした。

「学祭で作ったブレス、凜は誰にあげたんだっけ」

「あのレザーの？　尚悟《しょうご》さんと黒河さんだけど」

「あー、だっけ」

「そうだよ。――そういえば黒河さんにあげたの、確か、遼が作ったヤツだよね。配色センスがいいって褒《ほ》めてたよ。よく使ってるって」

「……そりゃどーも」

今朝、手にしたときの感触がふと蘇る。たった数週間で使い込まれて、すでに柔らかくなりはじめていた革の感触は持ち主の愛着を物語るようだった。

(どうせなら昨夜、身に着けててくれればよかったのに)

そうすれば間違いを犯さずに済んだかもしれないのにと思いつつ、いやそうでもなかったかなと思い直す。まずは顔立ちに目が眩《くら》んで、その後は容姿とのギャップに注意を奪われて、とてもアクセサリーにまで気を回す余裕は昨夜の自分にはなかったから。

胸に名札でもつけててくれない限り、何度やり直してもきっと引っかかるだろう。

（ホンット、残念……）

考えるだに惜しいめぐり合わせに、知らず表情が渋くなっていたのだろう。腕時計に落としていた視線を遼に戻すなり、凜が気遣わしげに眉をよせた。

「――フられたんだ？」

「違うから、フッたから。こっちがフッた方だから！」

意気込んで言葉を重ねるほどに深くなっていく凜の忍び笑いに、遼は「あーもうっ」と強引に話題を切り替えることにした。

「それよりこないだ立て替えた本代、いまもらってもいい？」

「もちろん。ホント助かったよ」

先日、連れ立って出かけた際のことだ。表参道《おもてさんどう》のブックカフェで目あての本を見つけるも、手持ちが足らず諦めようとしていた凜に、遼はいくらかのお金を貸した。

（確か、生徒手帳にレシート挟んだはず）

正しい金額を知るべく、バッグに手を突っ込んだところで遼はギクリと肩を震わせた。

「あ、れ……」

内側のポケットに入れたはずの生徒手帳がない。裏地が触れるばかりで何もない空間から手を引っこ抜くと、遼は足を止めてバッグの中身を掻き回した。朝方に帰宅して服は替えたものの、バッグの中身は手つかずだ。昨夜まではあったことを考えると、いまどこにあるかは明白だ。

「…………面倒くさい」

「え、何が？」

不思議そうに首を傾《かし》げる凛の横で、遼は思わずしゃがみ込みながら頭を抱えた。


黒河と会ったのは、ただの偶然だった。

遊びで立ちよる店の一軒にたまたま黒河たち一行が顔を出した、それだけのこと。面々はすでに充分な酒気帯びで、酔客特有の饒舌《じょうぜつ》さのおかげでここまでの経緯はすぐに知れた。どうやら「結婚秒読みだった彼女に捨てられた旧友を慰める」というのが当初の主旨だったらしいが、三軒目だというその店ではもはや、ただの呑み会になり果てていた。

ダダ漏れだった話によれば全員ノンケで、「女なんかやめちまえ」という流れのもと、そのテの筋でそこそこ名の知れたこのバーが選ばれたらしい。店側としてはいい迷惑である。アウェイの気配を察したのか、一行はすぐに河岸《かし》を変えたが、酔い潰《つぶ》れた主賓だけは店に置いていかれたのだ。

タクシーにでも放り込んどいてください、と住所を走り書きしたメモとともに。

やってらんねーな、とすぐにでもタクシーを呼ぼうとしていたマスターを止めたのは遼だ。自分が介抱して連れ帰るから、と。——当然、下心は最初からあった。

好みの顔が、お誂《あつら》え向きに目の前で酔い潰れているのだ。

（誰だってそうするんじゃない？）

社会人としては壊滅的に酒に弱いらしく、テーブルに伏してぐったりしていた黒河に水を飲ませてしばらくすると、会話ができるまでに回復した。

『こんばんは。あなたの名前は？』

『シンヤ。……そっちは』

『俺はリョウ。よろしくね、シンヤさん』

それからは取りとめのない話をした。家に帰りたくない、という同情を引くような話もいくつか。そうすればたいていの人間は快く遼を泊めてくれた。最初のセックスはそのお礼みたいなものだ。その後も関係が続くかは場合にもよるが、黒河とはいい間柄になれそうな気がした。

最初の印象とは裏腹に、予想外に人あたりがよくて話好きではあったが、よけいな執着は持ちそうにないタイプに見えたし、何より彼女にフられた理由が「割りきりがよすぎる」というのだから、セフレとしては最適の相手に思えた。ノンケでも、一度寝てしまえば落とせる自信が遼にはあった。

『シンヤさんて、けっこうイイ体してるね』

さりげなく体に触れても、黒河は拒否反応を見せなかった。それがそのままゴーサインになった。口八丁には昔から自信がある。持ち帰らせるための膳立てを抜かりなく組み立ててから、言葉巧みにトイレに誘った。そこで一度キスしてからは、もう済《な》し崩し。黒河宅に向かうタクシーでも、何度となくキスをくり返した。勢いに流されるままベッドインして――。

今朝の一幕に繋がるというわけだ。

（そのうえ、これだもんな……）

不運というのは連鎖するのだろうか。

遼の中では昨夜の一件は「よき思い出」として処理する予定だったので、生徒手帳の件は頭を悩ませる問題だった。――手帳自体は再発行を申し出れば済む話なのだが、実を言うと数ヵ月前にも再発行手続きを取っているので、ややもすると立て続けの紛失を不審がられる恐れがある。

（事務局の佐田《さた》、生活指導の越野《こしの》に通じてるしなぁ）

制服もなく、校則も緩い「生徒の自主性を重んじた」校風ではあるが、この件から行動遍歴を探られるような目にだけは遭《あ》いたくない。授業態度や体のあちこちに開いたピアスも、成績と立ち回りのよさで帳消しにしている身としては、できるだけ腹は探られたくないというわけだ。

しれっとした顔で取りにいく、という案もあるが、あれからすでに半日近く経つ。発見のうえ、中を見られていると仮定するのが妥当だ。凜からどれだけ自分の情報が流れているかはわからないが、同じ高校の所属だという素性はもう知れているだろう。うっかりすると、凜との関係性も。

「……場合によっちゃ、そっちのがマシか」

最悪のシナリオは「お宅の生徒が夜遊びしてました」と、学校側に届けられることだ。黒河の性格では考えにくい展開な気もするが、何しろひと晩の付き合いしかない。あの手帳がどれだけこちらの弱みになるか、推《お》せるくらいの狡猾《こうかつ》さは持ち合わせていそうだし。

「どうしたもんかなぁ」

放課後の渡り廊下で一人、冷たいタイルに上履《うわば》きの底を引きずる。

帰りのＨＲが終わるなり凛は委員会に向かってしまったので、遼も早々に帰り支度を整えると教室をあとにした。気鬱《きうつ》な心中を体現するように、足取りは重い。

（とりあえず、教師と鉢合わせる前に出なくちゃね）

渡り廊下から本校舎に入るも、人気《ひとけ》はまるでなかった。自分は熱を入れていないが、今月の中旬に催される学業研究会の準備で校内の空気はだいぶ浮き足立っている。

いまきたばかりの渡り廊下を振り返ると、クラス棟の騒々しさを伝えるように廊下をいき交う何人もの人影が見えた。恐らくはクラス棟の右手に隣接した部活棟も、本校舎の上階に位置する委員会フロアもいまごろは熱気で溢れていることだろう。そんな中、早々に帰ろうと昇降口に向かっているのは自分くらいなものだ。

クラス単位、部活単位、委員会単位、それぞれでのカテゴリーでどんな学びを得たか、父兄や外部の来賓《らいひん》に向けて発表するのが学業研究会だ。学校としても力を入れている行事なので、その準備は学祭の前からも進められていた。それがいま、佳境を迎えているわけだ。

部活にも委員会にも所属していない遼は、クラス用にレポートを一本提出したのみだ。クラスによっては趣向を凝らした発表に精を出すため、そんな参加では認めてもらえないところもあるが、幸いにも遼のクラスメイトは部活や委員会単位の発表に精力を傾ける向きが多かった。クラス単位では自己評価を含めたレポートを提出して冊子にすることがいち早く決まっていたので、すでに提出した身としてはマイペースな登下校は当然許される権利のはずなのだが、一部の教師にはどうも不真面目に映るらしい。口うるさい教師に見咎められて、説教を食らうのも面倒だが。

それよりも何よりも――。

廊下が無人なのをいいことにぼやきで顔を顰《しか》めながら、遼は足早に昇降口に向かった。

「もー、マジ面倒……」

(この分じゃ、もう一回会わなきゃダメかな)

マンションや部屋番号は覚えているので、訪ねるのは容易だ。向こうが行動を起こす前に、直接会って交渉するのがベターだろう。ただ、しがらみが明らかになったうえで顔を合わせるのはやはり気が進まない。――昨夜のような「行きずり」というシチュエーションでならば気にならないだろう身の上も、知人繋がりという接点を持った途端、下手《へた》な正義感を発揮してくる相手はいままでにもいた。したり顔で説教してくるような輩には、心底うんざりさせられたものだ。

(だからそうならないよう、気をつけてたのに)

今回の件はミスとも言えるが、半ば事故みたいなものでもある。事前に防げた気もしないし、過去を悔やんでもはじまらないので、ひとまずは割りきるのが最善策だろう。

「突撃、すっかぁ」

相手の反応も含め、事態の行方《ゆくえ》は未知数だが、放っておけばおくほどリスクが高まっていくことだけは確かだ。動くならいましかない。

「やれやれ……」

口元まで引き上げたマフラーに溜《た》め息《いき》を染み込ませつつ、遼は下駄箱の列に踏み入った。こんな時間にこんなところにいるのは、やはり自分だけだ。

名札のついたスチール扉を開き、踵《かかと》を向けて揃えたバッシュに指をかけたところで、

（え——？）

ふいに外からクラクションの音が聞こえてきた。

慌ててめぐらせた視界に、昇降口を出てすぐの正門前に黒のコルベットが停まっているのが見えた。

運転席のドアに腰を預けて立ちながら、スーツ姿の男が窓から差し入れた手でまたもクラクションを鳴らしてみせる。遠目にも楽しんでいるのがわかるような、軽妙な仕草《しぐさ》だ。

昨夜や今朝の様子からは、想像もできなかったビジネスモードに身を包んだ黒河に、

「……やっぱカッコイイし」

遼はほんの少しだけ見惚《みと》れてから、深く項垂《うなだ》れた。

こんなところでそんな目立つことをやってのけているのは、小賢《こざか》しい計算があるからだ。教師の介入を招くような暴挙を収拾させるには、こうするしかない。

靴を履き替えるなり小走りで門を抜けると、遼は素早く助手席に回った。

「出して、早く」

クラクションのせいで、委員会フロアのみならず職員室からの目も注がれているだろう正門前からコルベットを脱却させると、黒河が「悪いね」と口先だけの台詞を吐いた。

「手帳から学校がわかったんで、迎えにきたよ」

「……誰も頼んでないですけど」

「まあね。迎えにきたのは俺の意思っつーか、暇つぶしみてーなもん？」

冗談めいた口調と同じくらい軽やかな仕草でステアリングを操りながら、黒河がいずこへかと車を走らせる。住宅街を抜け、大通りに出たコルベットはややして旧山手《やまて》通りに入った。それからすぐに国道に入ると、渋谷《しぶや》方面へと向かう。

（それにしても――）

相手の出方を待ってさっきから口を噤《つぐ》んでいるのだが、黒河の方もあれから無言を貫いていた。向こうは向こうで様子を探っているのだろうか。時折り聞こえてくる鼻歌は余裕を表すのか、それともこちらの焦燥を煽《あお》っているのか――。

フロントガラスが渋谷駅を捉えたところで、遼は揺さぶりをかけてみることにした。

「手帳を返しにきてくださったんですよね。ご足労かけてすみませんでした。ああ、その辺で降ろしてもらえれば適当に帰りますんで」

シートベルトに手をかけて呼びかけるも、黒河は素知らぬ顔で駅前を通りすぎてしまう。

「……黒河さんて、もしかして耳遠い？」

遼の苦言に、クッと笑った黒河がちらりと視線を流してきた。

「言ったろ、暇なんだって。ちょっとくらいドライブに付き合ってくれよ」

「嫌だ、って言ったら」

「どうなると思う」

意味深な間を空けた黒河が、またチラリと流し目をよこしてくる。

（……ああ、そーいう手に出るわけね）

言外に手帳を匂わされては、こちらとしては従うほかない。だが、魂胆が知れないのはどうにも据《す》わりが悪かった。ドライブが目的だとは到底思えないわけで。

「それで？」

降車のタイミングを計って浮かせていた背を乱暴にシートに押しつけると、遼は腕を組みながら剣《けん》呑《のん》な眼差しを運転席へと放った。

「そーいうのいいから、さっさと本題に入っちゃってくんない？」

ポーズを放棄した遼の態度に、黒河がふっと忍び笑う。

「せっかちだねぇ。――ま、俺も気の長い方じゃねーし、話の早いヤツは嫌いじゃねぇよ」

青山《あおやま》通りと六本木《ろっぽんぎ》通りの二叉路に突きあたったコルベットが、緩やかに右へと車体を進める。その進路から、おおよそゴールの見当はついた。

「で、今夜の予定は？」

その予測を裏づけるように、黒河が流し目を投げかけてくる。

「べつに。つーか、黒河さんに関係ないよね」

冷めた声で牽制《けんせい》を投げ返すも、黒河は楽しげに口元を歪《ゆが》めるだけだった。——いかにも悪巧みしてますといった、その笑みがまた恐ろしく似合って。

「——……」

思わず奪われかけていた視線を、意識してフロントガラスに据える。

「そうでもねーぜ。今夜もフラフラすんなら、もうひと晩、俺に付き合えよ」

「セックスありで？」

「なくていい」

その即答ぶりに思わず首を傾げながら、訝《いぶか》しげな視線を隣に送る。

「それって黒河さんにメリットある？」

「特にねーな」

「——俺にもないんだけど」

終着点の見えない会話に、気づけば眉間に力がこもっていた。

こんなことをしていったい何になるというのか、黒河の目的は依然見えてこない。

外苑西《がいえんにし》通りとの交差点を越え、しばらくいくと右手にヒルズのビル群が見えてきた。今朝見た名刺によれば、黒河の会社はあの中にあるのではなかったろうか。そこから芝浦《しばうら》方面に向かえばいま現在凜が住んでいる尚梧のマンションがあり、麻布《あざぶ》方面に向かえば黒河のマンションがある。

右折したコルベットは、迷うことなく麻布を目指していた。今朝方、朝日の中で見たばかりの地下鉄への道のりを静かに逆走していく。

(最初っから、連れ帰る気でいたわけじゃん)

「そんなの嫌だ、って言ったら」

次に出てくるカードを予想しながら口を開くと、黒河は案《あん》の定《じょう》な台詞を吐いた。

「話は簡単だ。手帳は学校に届けることにするよ。バーで拾ったって言ってね。男を誘ってお持ち帰りされてたなんてつけ加えたら、面倒なことになるんじゃねーの?」

「持ち帰った張本人のくせに」

「誘ったのはそっちだろ? 手帳はもちろん、匿名《とくめい》で届けるつもりだけど」

自分の所業を完全に棚上げした発言には、閉口するしかない。

「呆《あき》れた」

「そうか? 少なくとも、おまえにはメリットあんだろ。今夜の宿を確保できる」

「——まあね」

確かに相手探しに出る手間も省けるし、うっかり空振りして無人の家に帰るよりは、黒河の家ですごす方がマシだというのは一理ある。だがそれだけに、黒河の肚《はら》が見えないことには不安が募《つの》るのだが、相手が「手帳」というカードを持っている限り、邃に選択権はない。

「いいよ、ついてく。その代わり、ひと晩だけだよ」

「よし、交渉成立だな」

すべて予定どおりといった様子で、コルベットがマンションのパーキングゲートを潜《くぐ》り抜ける。

それにしても、だ――。

「ていうかこれ、社用車じゃないよね。社会人ってこんな時間にフラついてるもん？」

「なわけねーだろ。今日はまあ……朝から二つ三つ、ミスをやらかしてね。足引っ張るんなら帰れーって追い出されたわけだ」

「へーえ」

そんな理由で早退を許されるとは、ずいぶんお気楽な会社のようだ。聞いたところによると尚梧も凜との時間を作るために、勝手に仕事を在宅に切り替えるなどワガママを押し切っていたらしいが、社員がそんな有様でよくあんなところに事務所を構えていられるものだ。何度か見かけたことのある尚梧の愛車《メルセデス》も、黒河のコルベットにしても、そう安い買い物ではないはずだ。

ただ、凜によれば尚梧はタワーマンションに住んでいるらしいが、黒河のマンションは比較すると中の上といったところだ。セキュリティはそこそこ機能していそうだが、ロビーにコンシェルジュの類《たぐい》がいる代物ではない。駐車場から地下エントランスへと向かう黒河の背中を見ながら、年収に格差でもあるんだろうかと下種《げす》な想像をめぐらせていると、察していたように、

「尚梧と比べんなよ」

と、黒河がエレベーターに乗り込むなり、肩を竦めてみせた。

「あいつン家は実家《ちち》が裕福なの。御曹司《おんぞうし》っぽいツラしてんだろ？　家業は継がずに俺らと会社なんかやってるけどな。会社以外から転がり込んでくる金もあるっつーわけ。対する俺ん家はごくフツーの一般家庭なんだよ。ま、庶民出のわりには稼いでる方だと思ってるけど」

「べつに、何も訊《き》いてないのに」

「よく言う。訊きたそうなツラしてたくせに」

操作盤に向かいながら右肩だけを壁に預けた黒河が、ふっと足元に目線を落とした。俯《うつむ》きかげんな表情は窺《うかが》えないが、続いた言葉には笑みの気配が織り交ぜられている。

「引っかける相手、間違えたんじゃねーか」

「ま、さ、か！　あんなのタイプじゃないってば。凜には悪いけど、ひどい悪食《あくじき》だよね。あんなのと関わってたら凜の人生、台無しにされんじゃないかって毎日心配してる」

「お、気が合うな」

「それに、俺はべつにあんたがどこの誰でもいーよ。手帳さえ無事に返してくれればね」

下を向いている横顔に挑発をつきつけると、

「――なるほど」

前髪越しの上目遣いがひと舐めするように一瞥《いちべつ》をくれた。そこでちょうど目的階に着いたエレベーターが扉を開く。先に降りた遼の頭を、あとに続いた黒河の手がグシャリと撫《な》で回してきた。

「ま、返して欲しけりゃイイコにしてろよ」

「ちょ、気安く触んないでってばっ」

「なんだ、ケチだな。昨夜はあちこち触らせてくれたのに」

「……っ」

あんなこともこんなこともしたよなーと言いながら、遼を追い抜いた黒河が通路を先導する。

今朝はキスひとつで動揺していたくせに、とんだ変わりようだ。

追い越しざま黒河が浮かべていた人の悪い笑みに一瞬だけカッとなってから、遼は慌てて自分を律した。やられてばかりではないと、ここらで証明しておく必要があるだろう。

(遊ばれてる……)

「黒河さんて、けっこう絶倫だよね」

「はあ？」

「あんたが俺ン中で三回イくまでに、俺、感じすぎて五回も出しちゃったし。っていうか、ドライでなら数えきれないくらいイッたよ？　もうホントよすぎて、死ぬかと思った」

近所付き合いがどれほどあるかは知らないが、こんなところで吹聴されたい出来事ではないだろう。さらに声を張り上げようとしたところで、黒河の手が遼の口元を無理やり押さえ込んできた。体を反転させられて、背後から覆い被さられながらもう片手で腕まで捻《ね》じられる。ひとしきり抵抗するも、黒河の腕はビクともしなかった。見た目は細く見えるのに、腕力はある方らしい。

「やれやれ、悪ガキめ……」

暴れたせいで剝《む》き出しになった首筋に、黒河の溜め息がひそやかに忍び込んできた。そのまま腕の中に閉じ込められながら、黒河宅の玄関まで連行される。

「えーと、鍵、鍵はと」

ドアの前で黒河の意識がロック解除へと逸《そ》れたのは好機だった。このままやり込められたままというのも癪《しゃく》なので、ポーズだけでも反撃の意を表しておきたい。

(口は喋《しゃべ》らなくても武器になるってね)

脅し程度に指を嚙《か》む気で唇を開けると、急に背中を突き飛ばされた。

「ったく、その口塞いどくしかねーようだな」

「……なっ」

薄暗い空間に放り込まれて、目を白黒させてたところで腕を引っ張られて引き戻される。気づけば玄関の内側で、閉まったドアに押しつけられるようにしてキスされている自分がいた――。

2

「なんか食べていー？」

冷蔵庫の中身を物色しながら、遼《りょう》はリビングにいる黒河《くろかわ》に声をかけた。ソファーに怠惰に寝そべった黒河が、好きにしろと言わんばかりに掌《てのひら》を閃《ひらめ》かせる。

「んじゃ、テキトーに作って食うね」

一人暮らしのわりには食材の詰まった棚や冷蔵庫を漁《あさ》って得た食材で、遼は夕飯を拵《こしら》えることにした。使いかけのルーを見つけたので、無難にカレーを作るべく、まずは野菜に手をつける。

玉ねぎの皮を剝きながら、遼はカウンターの向こうへと目をやった。帰るなりソファーに撃沈した体が起き上がる気配はない。よほど眠いのだろうか。

消費期限の迫った合挽肉《あいびきにく》を見つけたので、カレーはキーマにすることにした。どの食材もほどほど新鮮なことや、スパイス類が揃っていることを考えると、黒河は料理をするタチなのだろう。

この家にきてからわかったことといえば、それくらいしかない――。

あれから数時間経つも、黒河の態度に変化はなかった。

（あんなキスしといて……）

舌を絡めるほどには深くないが、触れるだけでは終わらなかったキス。それがどういう意味を持つのか、追及しようにも黒河は飄々《ひょうひょう》とした態度で流すばかりだった。

『……手ェ出さないんじゃなかったのかよ』

『あー、お仕置きっつーか、な』

『何それ』

『イイコにしてろ、って言ったろ？　じゃねーと手帳、ガッコに届けちまうぞ』

それを言われたら黙るしかないので仕方なく口を噤むと、黒河は「よし、イイコだな」と遼の髪を撫でながら笑ってみせた。さっきまでの意地悪げな笑みではなく、昨夜酒が入っていたときのように人懐こい笑みを見せられて、知らず唇を噛み締めてしまったことなど。

（あんたは知ったこっちゃないだろーけど）

顔が好み、というのは存外やりにくいものらしい。相手をあしらうのなんて得意中の得意なはずなのに、どうも勝手が違うというか、ペースを狂わされてしまうようだ。

家さえ出なければ好きにしていい、と言われたので遼が興味本位に部屋を散策する間、黒河は着替えもせず、ソファーにずっと寝そべっていた。

どうして自分を呼んだのか、昨夜のことをどこまで覚えているのか――。

何を訊いても煙に巻かれてしまうばかりなので、そのうち諦めて自身のスマートフォンを弄るだけの時間がすぎた。いつも覗くサイトをいくつかハシゴするうちに日はすっかり暮れ、その後、空腹に負けた遼がこうしてキッチンに立っているというわけだ。

仕事柄不在の多かった母のおかげで、料理も含め、家事全般はいつのまにか身についていた。同じく家事を得意とする凜にも、負けている気はしない。ただ、最近はあまり作る機会がなかったので少々気が緩んでいたのだろう。

「それローリエじゃなくて、レモングラス」

「え？」

背後からの指摘に手元を見ると、なるほど、遼が手にしたスパイス瓶《びん》には細長い棒状の葉が詰められていた。棚から出すときに、間違えて隣にあった物を取ってきてしまったらしい。それに寸前まで気づかずにいたのだから、意識が散漫だったことは認めざるを得ない。とはいえ。

「……言われなくても、入れる前に気づくよ」

ローリエとレモングラスでは形状がぜんぜん違う。黒河に手渡された瓶には、小舟型の葉が数枚入っていた。乾燥した月桂樹《げっけいじゅ》の葉を一枚、鍋に落とす。

「そうか？　放っといたら入れそうなくらい、ぼーっとしてたじゃねーか」

「——誰かさんが、あんなことするからじゃない？」

遼の手際を監視するように、背後に貼りついていた黒河を振り返ると、

「何、惚《ほ》れちゃった？」

と唇の片端だけがこれ見よがしに吊り上げられた。

「冗談やめてよ」

したり顔の男を押しのけてから、遼はリビングに回った。カウンターに置きっぱなしにしていたスマートフォンを手に取りながら、キッチンに留まって味見をしている黒河に冷めた視線を投げる。

「自惚《うぬぼ》れんのもたいがいにしてくれる」

顔だけなら確かに好みだが、こうして絡んでみると黒河はとにかく面倒な相手だった。

プライベートに踏み込まれて懐《ふところ》を探られるのも嫌だが、核心をはぐらかされたまま、体《てい》よくいなされるのも腹立たしいものだ。振りきろうにも、突き放そうにも切り札は向こうの手にあるわけで。

(あんなことするわ、こんなこと言うわ)

なんだか、じわじわと嬲《なぶ》られているような気にすらなってくる。

プレイならそれはそれでアリかもしれないが、リアルとなれば話はべつだ。

「だいたい、昨夜のことは蒸し返さない約束じゃなかった？」

「そんな約束したっけか」

黒河が記憶を洗うように、レードルを片手に眇めた視線を天井へと流す。やがて今朝の一幕を思い出したのか、黒河が「ああ、あれか」と頷いてみせた。

「つーかありゃ、一方的な宣言じゃねーか」

「そう？　じゃ蒸し返していーんなら、いますぐヤろうよ。見返りにカラダ要求される方が俺としても気が楽だし、あんたとのセックスはかなりよかったしね」

メールチェックの片手間、という気のない素振りで様子を見るも、黒河が動じる気配はない。

「そらサンキュ。でも無理じゃね？　シラフじゃ勃《た》つか、自信ねーな」

「じゃあ、なんで俺を呼んだの。――カラダ以外で執着持たれんの、重いし、迷惑なんだけど」

「そうか？　おまえにとってのセックスなんて、おまけみたいなモンじゃねーか」

「何言ってんの？」

のらりくらりと躱《かわ》してばかりの相手にむきになっても仕方ないと思いつつ、このままじゃ埒《らち》が明かないので遼は本音をぶちまけることにした。

自分が「相手」に求めるのはカラダだけのドライな関係であって、近しい知り合いとは寝ない主義なのだ、と。黒河に声をかけてしまったのは不幸な事故で、できれば二度と顔を合わせたくなかったのが本心だと告げると、黒河は淡々とした顔つきで「なるほど」と頷いてみせた。

「で、ソレで相手探しとかしちゃうわけだ」

手にしていた端末を指差されて、中を見られたらしいことを知る。

先ほどまで見ていたのはソッチ系の出会い系SNS《ソーシャル・ネットワーキング・サービス》だ。このテのツールは素性が知れないので相手探しに使ったことはないが、情報収集もかねてたまに覗くことがあった。トイレに立った隙にでも画面を覗き見たのだろう。黒河は居眠りしているように見えたし、少しの間だと思って放置していた自分も悪いが、人のプライベートを覗くなんて外道《げどう》のやることだ。

「サイッテー」

「おっと。言っとくけど見ようと思ったわけじゃねーぞ、見えちゃっただけで」

「その場合、見なかったフリするのがマナーでしょ」

それは正論だな、と認めた黒河が腕組みしながら頷いてみせた。

（この人って……）

なんだか会話のテンポを乱されてばかりだ。果たしてこれは故意なのか素《す》なのか。とりあえず二の舞はごめんなので、遼は用済みになったスマートフォンをバッグのいちばん底に押し込んだ。

「とにかく、おれがナニしてよーと黒河さんには関係ないよね。ぶっちゃけ、そーやって干渉されんのが何より嫌いなの。ドライで割りきった関係がいちばん」

並んだスツールのひとつに腰かけながら、カウンターに肘《ひじ》をついて黒河の様子を窺う。

ろくに着替えもせずソファーに転がっていたせいで、黒河のシャツには不格好なシワがついていた。よくよく見ると、黒髪の一部があらぬ方向に跳ねている。暑がりなのか、コンロのそばに少し立っただけで首筋には汗が浮かんでいた。味見の末に少しコンソメを足してから、黒河が浮いてきたアクを丁寧にすくい取る。板についた仕草にしばし見惚れていると、

「――ドライ、ねえ」

黒河がおもむろにニヒルな笑みを浮かべてみせた。

「俺な、酔ってもほとんど記憶飛ばねーんだよ。だから昨夜のことはよーく覚えてるぜ。おまえが俺に言ったことはすべて、な」

「……だから？」

鍋に向けていた視線を、黒河がふいに持ち上げる。まともに正面から目が合って、ほんのわずかだが肩が揺れてしまった。その反応を笑うように、切れ長の双眸が細められる。

「要は人と深く関わるのが怖いだけだろ？　心を許して裏切られたらどうしよう、ってな」

（この人……）

今度は細心の注意を払ったので、動揺が表に出ることはなかったはずだ。

昨夜、黒河に何を言ったか、だいたいのことは覚えている。酔っ払い相手だと思って少し口が滑ってしまったことも。加えて、記憶に抜けがあるのも確かだ。凜に送ったメールを忘れていたように、自分は何かよけいなことを言ってしまったのだろうか。

（落ち着け、俺――）

胸のうちから込み上げてきた何かを、遼は努めて平静な顔で飲み込んだ。

黒河が食えない男なのも、意外に策士なのも今日だけで嫌というほど思い知らされたが、思わせぶりに見えるだけという面も少なからずある。見極めは重要だ。何にしろ、新たに出てきたカードがいちばんの弱みだなんて悟られるわけにはいかない。

「知ったふうな口利かないでくれる？　つーか、そんな説教するために俺のこと呼んだわけ」

あくまでも軽口で流そうとした遼に、

「まあ、そう警戒すんなって」

黒河は追い討ちをかけるでもなく、揶揄《からか》うわけでもなく。

（え……？）

なぜか柔らかく笑ってみせた。慈しむような優しい笑みに、思わず目を奪われる。

年が離れている、ということを急に実感させられた気がした。黒河の目は、遼が抱えているモノの片鱗《へんりん》を確実に捉えているのだろう。

そう考えれば黒河の言動の裏も、ところどころだが透けて見える。

（――この人って）

黒河に釘づけていた視線を無理やり引き剝がすと、遼は意味もなく自分の指先を見つめた。

けっきょくそれ以降、黒河が核心めいたことを口にすることはなく、遼も地雷を踏むまいと話題を避けたので、夜は何事もなく更《ふ》けていった。

「人肌恋しいんならくるか」

リビングのソファーで寝ようとしていた遼に、風呂上がりの黒河が声をかけてきたのは日付が変わった直後だった。ニヤついた笑みは、明らかに揶揄《やゆ》の意図を含んでいる。

「抱いてくれんならね」

子供扱いされている雰囲気に反撃するべく挑発を返すも、黒河が動じるふうはなかった。

「あいにく、昨夜で打ち止めでね」

「その年で？　それやばくない？」

「バーカ。ガキ相手にそう盛れるかよ」

　バスタオルで髪を拭《ふ》きながら寝室に消えた黒河を、遼はややして追いかけることにした。ガキだと思ってタカを括《くく》っているのなら、落としがいがあるというものだ。

（見てろよ）

　ノンケをその気にさせるのはそう難しくない。手段は何でも、勃たせてしまえばこっちのものだ。いちばん有効なのは、男女で差のない手コキとフェラ。ツボを心得てる分、同性のテクにはハマりやすいものだ。そのテのスキルには、我ながら自信もあるし。

　舐めて扱《しご》いて、吸ってしゃぶって、とにかく焦らすのが肝要だ。それからこれみよがしに、後孔を自らの指で解《ほぐ》してみせる。昂奮の度合いを見ながら、たまに触らせるのもいい。

　ココに挿《い》れたらどんなに気持ちいいか――。衝動に火をつけるための、これはちょっとしたショータイムだ。あとは征服欲を煽るような言動を心がけていれば、たいがいは性急に突っ込んでくる。一度ハメてしまえば、男の性にブレーキは利かない。

　一度目は相手をイかせるために、二回目は自身がヨくなるために、それぞれ違う腰つきで楽しむのが遼のやり方だった。どんな体位でも、気持ちよくなれる術《すべ》はもう心得ている。

　あとは相性次第――。その点で言えば黒河との相性は本当によかった。カタチがハマるというか、黒河の屹立《きつりつ》はまるで遼の性感帯をくまなく探るために作られたような造形をしていた。

（挿れただけでイッたのなんて、久しぶりだし）

　太さも長さも、特注で作ったかのように理想的な肉に犯されて、遼は立て続けにいくつもの絶頂を強いられた。ほんの一往復だけでも、頭から爪先まで痺《しび》れるような快感が走るというのに、抜かずの三発でうっかりすると涅槃《ねはん》が見えそうなほどイかされたのが、つい昨日の思い出――。

　ノンケだし酒が入っていたから、もしかしたら使い物にならないかとも危惧《きぐ》していた黒河のモノは、想像以上にタフでやり手の逸物だった。あれがまた味わえるんなら、それはそれでよし。むしろそれくらいの旨みがなければやってられない。

　寝室を覗くと、髪も乾かさず早々に寝ている黒河の姿があった。もしやこれは挑発だろうか。好きにしてみろとばかりに無防備な黒河の姿に、遼は俄然《がぜん》やる気を燃やした。

　毛布の隙間に足元から忍び込んで、昨夜大暴れしてくれた箇所をスウェットの上からさする。萎《な》えててもけっこうな大きさだ。コレがくれた快感を思い出しながら熱心に刺激するも――反応はない。

（まさか、本当に打ち止め？）

　そんなわけはないと中に手を突っ込もうとしたところで、「その辺にしとけ」と伸びてきた手に制された。手首をつかんで引き上げられて、やむなく並んで横になるはめになる。

「しようよ、セックス」

「しねーつったろ。大人しく寝とけ」

「――昨夜はあんなに激しかったくせに」

「さあな……つーか、帰ってからの記憶はほとんどねーんだよ……」

よほど眠いのか、どんどん小声になった語尾が、やがてかすれて吐息だけになる。

情事の記憶だけがないなんて、そんな都合のいいことがあるだろうか。

「あんなに愛し合ったのに？」

「………………」

黒河が何か言い返すも、それはもはや言葉としては聞き取れなかった。溜め息ともつかない細い息を最後に、黒河が寝息を立てはじめる。

「黒河さん？　まさかホントに寝てないよね」

狸《たぬき》寝入りの可能性を疑ってその後しばらく奮闘するも、黒河の意識が戻ることはなかった。どれだけ刺激を与えようと、体が反応することもない。

「……はあ」

遼が諦めたのは、ベッドに忍んでから十分後のことだった。

あわよくば二晩目を期待していたために、徒労の度合いも大きい。いまさら移るのも面倒で、遼はそのまま黒河のベッドで眠ることにした。枕を抱いて黒河を背に横たわる。

誰かと一緒に寝て、ヤらないのなんて初めてかもしれない。

たいていは自分が相手を振り回す立場なのに、今回はまるで逆だった。自分のテクには自信があっただけに、徒労と同じくらいの挫折感も胸の隅で疼《うず》いていた。

（なんでこんなことになってるんだか）

奇妙な現状に細く溜め息をつくと、急に背後から腕が回されてきた。

「ちょ……黒河さん？」

呼びかけてみるも反応はない。寝息の調子は相変わらずなので、寝ぼけているのだろうか。

抱き枕よろしく腕の中に閉じ込められて、背中に熱いほどの体温が密着する。誰かと寝ることはあっても、こんなふうに抱き締められて眠ったことはない。

「……また子供扱いして」

口ではそうぼやきつつも、腕の中のほどよい心地よさと温もりに、遼はいつしか引き込まれるようにして眠りについていた。

3

翌朝になっても、遼《りょう》はまだ黒河《くろかわ》の腕の中にいた。

覚醒直後、いつもなら夢の片鱗が瞼《まぶた》に引っかかっているような気持ちにさせられるのだが、今日はなぜかそれがなかった。久しぶりに夢も見ずに熟睡したらしい。――それにしても平熱が高いのか、黒河の熱い体に密着されているせいで、目覚めたときには全身が汗ばんでいた。

「あーも、いーかげん離して」

重たい腕を潜り抜けてベッドを降りると、遼はバスルームに向かった。

空調のおかげで汗に濡れたスウェットで歩いていても少しひんやりとする程度だが、温度はともかく、湿度が低い。実を言えば昨日の朝も思ったのだが、黒河は湿度管理にはあまり関心がないようだ。

乾ききった空気のせいで喉《のど》がガサつくのを感じながら、遼は手早くシャワーを終えると、キッチンに入った。冷蔵庫の牛乳をコップに注いでから、シンクに手をつき、カウンターから首を伸ばすようにしてリビングの時計を確認する。時刻は七時をすぎたばかりだった。

(なんだ、普通にガッコいけちゃうじゃん)

ここからならそう遠くないので、焦らずとも時間内に登校できそうだ。ただ昨日と同じ服というのはちょっと、自分の美意識的にもいただけないので小細工を要する。

こんな場合に備えて、着替えは常にロッカーに用意してある。早めに出て、さっと着替えて教室に入れば気づかれることもないだろう。朝食も道中で買うなら、さらにもう少し出発を早めるべきか。

いずれにしても問題は——。

「生徒手帳だよね」

黒河の要求どおり、こうしてひと晩付き合ったのだから返してもらわねば話にならない。服を着るなり、いまだ夢の中にいるらしい黒河を叩き起こすべく寝室に戻る。先ほどとまったく変わらない姿勢で寝ている黒河に歩みよると、遼は手でメガホンを作りつつその名を呼んだ。

「黒河さん、朝なんですけどー」

くり返し呼びかけるも微動だにしない黒河に焦れて、遼は性急にその体を揺さぶった。

そこでようやく異変に気づく。いくら何でも、体が熱すぎる。

「……黒河さん？」

汗ばんだ額に手を載せると、遼は盛大に溜め息をついた。

この感じはかなりの高熱だ。どうやら寝ている間に、ひどく風邪をこじらせたらしい。

（具合悪いなら言ってよ）

思えば昨日から、変調を知らせるサインはいくつも目にしていた。帰ってすぐソファーに横になっていたのも、妙に汗ばんでいたのも、いま思えば風邪のせいだったのだろう。夜の仕掛けに反応がなかったのもそのせいかもしれない。そのうえ濡れた髪のまま横になり、極めつけがこの乾燥だ。

悪化しないわけがない――。その隣ですっかり安眠していた自分の呑気《のんき》さに苦笑しつつ、遼はあちこちを引っくり返して薬箱を探した。食材のストックぶりを見るに、この手のものも揃えているのではないかという予感はあたった。体温計に冷却ジェル、うがい薬や喉薬、風邪薬も数種ある。

昏睡に近く眠り込む体に体温計をセットすると、遼は黒河の着替えを適当に引っ張り出した。

計測を終えた体温計が、毛布の中でくぐもった電子音を響かせる。液晶には「38．9℃」と表示されていた。予想どおりの重篤《じゅうとく》っぷりだ。

「服、脱がせるからねー」

相変わらず呼びかけに応えない体を転がし、寝汗で濡れたスウェットを脱がすと、遼は熱く絞ったタオルで体を拭った。それから新しいスウェットを着せる。ひと回りも体格が違う人間にこれらを施すのは、細身の遼には骨の折れる作業だった。汗だくになりながら着替えを終えたところで、

（来客？）

おもむろにインターホンが鳴った。

エントランスの様子を知らせるモニターには、やけに見覚えのある顔が映っている。居留守を決め込もうか束《つか》の間《ま》悩んでいるうちに、今度は立て続けに呼び出し音が鳴らされた。

「うるさいなっ、上がってくれば」

半ば怒鳴りつけるようにしてオートロックを解除してから、来訪者が何か言う前にブツリと通信を断ち切る。やや して上まで上がってきた客がドアチャイムを鳴らした。

「……なんでおまえがここにいんだよ」

出迎えた途に、尚梧《しょうご》が思いきり不審の目を注ぐ。

「俺もなんでかなって思ってるんだけどね。つーかあの人、風邪でぶっ倒れてるけど？」

立てた親指で室内を示した途に、尚梧は「ああ、知ってる」とだけ返すと手にしていた何かを渡してきた。受け取ったビニール袋の中にはリンゴとみかんが詰められている。

「見舞いだ。あいつの具合はどうだ」

「かなり悪いかも」

とても出社できそうにない黒河の様子を伝えると、尚梧は「やっぱりな」と苦い顔で息をついた。話を聞くに、黒河は昨日の時点で体調を崩していたので早退させたのだという。

(なんだ、そういう理由だったんじゃん)

黒河の言葉を真《ま》に受けていた自分に苦笑いしていると、尚梧が研いだ眼差しを据えてきた。

「さっさと帰って休めっつったのに、おまえなんかと遊んでたとはな」

「それは同感。言ってやってよ、黒河さんに」

「おまえはいつまでここにいる気だ」

「――できればいますぐにでも、退散したいんだけどね」

病人の看病などしていたばかりに、時刻はもう遅刻寸前だ。だが生徒手帳を奪還しない限りは、出ようにも出られない。その在《あ》りかを知っている黒河はあの有様だ。

八方塞がりな現状に唇を噛んでいると、何を思ったのか、

「ちょうどいい」

と、尚梧が遼の肩をガシリとつかんできた。

「おまえ、ここで黒河の看病してろ」

「は？　やだし、そんなの」

「おまえの欠席は凜《りん》に伝えとく。うまく言っといてくれるだろ」

言うが早いか、尚梧が猛スピードでメールを打ちはじめる。止める間もなく送信されたそれは、凜宛《あて》のものだろうか。予想外の展開に、遼は慌てて声を張った。

「てか、なんでもう決定事項なんだよっ」

「誰もいないよりはいい。だいたい、おまえのサボリなんていまにはじまったこっちゃねーだろ？　凜から聞いてるぞ。欠席が一日増えたくらいでなんだ」

「――……」

あまりに理不尽なゴリ押しに、思わず言葉を失う。遼がここを出られない理由はあくまでも個人的なものであり、けして尚梧に指図されるようなものではない。

（冗談じゃない）

ひと息吸って反駁《はんばく》しようとした遼に、尚梧はおもむろに頭を下げてみせた。

「……っ」

「悪いとは思うが頼まれてくれ」

すぐに顔を上げた尚梧の表情は、真剣そのものだった。

「おまえも少しは聞いてるか。あいつが彼女にフられたっつー話」

「あ……、うん」

「結婚を考えてた女にいきなり捨てられてみろ。さすがのあいつも堪えてるだろうからな」

尚梧の顔つきは厳《いか》めしくも、親友を案じる憂色がその目には浮かんでいた。

凛と仲がいいというだけで勝手に敵視され、これまでの絡まれ方からロクな人間じゃないと踏んでいたのだが、冷血漢というわけでもないのだろう。何しろ、凛が好きになった男だ。

「……堪えてんのかな。一昨日、黒河さんを励ます会？　みたいのに遭遇したときは、わりと平気そうな顔してたけど」

「あー、バカどもの餌食《えじき》になってくるとか言ってやがったな。物好きなヤツ」

「あれは痩《や》せ我慢ってわけ？」

「潰れるほど呑んだんなら、そうなんじゃねーのか」

「あ……」

目を瞠《みは》るほど酒に弱いくせに、黒河はなぜか酒宴の席に顔を出したがるのだという。ただし弱い自覚があるだけに、潰れることはそうないのだと尚梧が苦い面差しで吐き出す。

「たいしたことねーっつう面《つら》が得意なんだよな、あいつ。弱みの見せ方わかってねーっつうか。昨日だってらしくねーミス連発しやがって、風邪のせいにしても、どっか様子おかしかったからな。まあ大丈夫だとは思うが——体が弱ると心も弱るっつーだろ」

バカなことしねーよう見張ってろ、と尚梧が遼の肩を拳《こぶし》で突いた。

「お、凜からメールだ。……うまく言うってさ」

了承のないまま進む話にいまだ釈然としない気持ちはあるものの、尚梧に頭まで下げられてしまっては断る気にもなれない。

「——わかった」

小さく呟いた途端、大きな掌にガツリと頭をつかまれた。

「ちょ、痛いっ」

「頼んだぞ、クソガキ」

つかんだままぐるぐると髪を掻き回されて、慌ててその腕を振り払う。追撃に備えて思わず構えるも、尚梧の方は「邪魔したな」と早々に踵を返していた。が、玄関を出る寸前になって何か思い出したようにこちらを振り返る。

「ああ、俺が頼んだってのは言うなよ」

「もし言ったら」

ぶっ殺す、と殺気のこもった目で念を押されて、遼は大人しく頷いておいた。

閉まった扉越しに遠のいていく足音が聞こえる。

「……まったく」

ビニール袋を手にキッチンに入ると、遼は手早く中身を仕分けた。

艶々《つやつや》と赤く輝くリンゴに、ふっくらとして美味しそうなみかん。そのうちのひとつについていた付箋《ふせん》を見て、遼は思わず顔を綻ばせていた。『お大事に』と記す筆跡は、ノートなどでよくよく世話になっている馴染み深いものだ。どうやら見舞い品は凜が持たせたものらしい。

(凜にメールしとこ)

真面目で潔癖な親友にサボリの片棒を担がせるのは忍びないが、今回に限っては言い出しっぺは自分ではない。尚梧がどこまで事情を話したのかはわからないが、昼すぎになって凜から黒河の容態を訊ねるメールが返ってきた。

「いつ起きるんだかなぁ……」

相変わらず起こしても目覚めず、黒河は昏々《こんこん》と眠り続けている。

何か胃に入れて薬を飲ませたいところなのだが、目覚めないのでは仕方ない。昼にもう一度服を着替えさせ、汗を吸って冷えた毛布も取り替えることにした。できればシーツも替えたかったのだが、これは黒河の協力なしには難しいので諦めた。

朝からほんの数時間しか経っていないというのに、気づけば洗い物の山だ。見かねて洗濯機を回している間に、遼は本格的に家探しをはじめた。手帳を隠すとしたらどこか、推理しつつ方々を引っ掻き回すも、けっきょく発見には至らないまま夕暮れを迎える。唯一の成果は、クローゼットの奥で加湿器を見つけたことだった。即、稼働させたのは言うまでもない。

尚梧からも一度だけメールがきた。夕方になっても起きなかったら往診の医者をいかせるとのことだったが、三度目の着替えの途中で黒河は一度だけ目を覚ました。

「俺、どうしたっけ……？」

赤い顔で首を傾げる黒河に、大風邪を引き込んでダウンしてること、看病のために自分が留まっていることを告げると、申し訳なさそうにかすれ声で謝られた。

「それより何か食べて、薬飲んでよ」

熱を測ってから、黒河用に作っておいたおかゆを食べさせて風邪薬を服用させる。

思考力がだいぶ低下しているのだろう。子供のようにされるがままに動く黒河を一度ソファーに退避させてから、遼は新しく張り替えたシーツに病人を寝かせた。熱は少し下がっていたが、この分ではこれから夜にかけてまた上がるかもしれない。

（……いつまでここにいればいいのかな）

幸いにもというべきか、明日は土曜だ。学校の心配はない。

黒河の容態も手帳の件も、進展がない以上投げ出す気はないが、主《あるじ》が不調の家に住みついているのはなんだか気おくれがした。それに、部屋中引っくり返しておいていまさらだが黒河のプライベートを示すものをいくつも目にするうち、なんだか罪悪感のようなものも芽生えていた。

最初は好奇心で覗いた高校の卒業アルバム――。いまよりも若い黒河の姿を見つけて、気づけば熱心にページをめくっていた。クラスのよせ書きを見ても、修学旅行や日常のスナップを見ても、けっして輪の中心から外れることはないが、賑やかそうな面々に対して少し斜に構えた高校生の黒河が感じられて、なんだかくすぐったい心地を覚えたものだ。バーで見かけた顔ぶれも散見するので、一昨日の呑み会は高校時代のメンツで構成されていたのだろう。あの顰め面も見つかるかと思ったのだが、どうやら尚梧とは大学からの付き合いらしい。

リビングに放置されていたスマートフォンが、メール着信を告げたのはちょうどそのときだ。送信者欄には見かけたばかりの名前が表示されている。呑み会にもいた、木崎《きざき》という男だ。――昨夜、盗み見られた仕返しという名目で、遼は好奇心のままにそのメールだけ勝手に開封した。

内容から察するに木崎は黒河に、進物用の見繕いを頼んでいたのだろう。それが先方にとても喜ばれたとのことで、助かったという旨が記してある。

『おまえって何訊いても、さらっと返してくるよな。マジ重宝する』

そんなふうに締められたメールに、遼は気づけば苦い思いを噛み締めていた。

その進物用の和菓子についてのメモを、遼は昼すぎに目にしていた。木崎がいつ頼んだのかは知らないが、その件についてリサーチしたことを窺わせるメモは数枚にも及んでいた。とてもさらっと出した答えとは思えない。そんな労力が裏にあったことを知ろうともせず、木崎は「助かった」の一言で済ませているのだ。あまつさえ「重宝する」とまで言っている。

（そういえば……）

すでに酔いの回った黒河を連れて、面々があの店を訪れたときの様子を思い出す。酒の肴《さかな》という名目どおり、木崎たちはしきりに黒河の破局ネタで盛り上がっていた。

『何でもしれっとこなすから、結婚もそうかと思ってたよな』

『でもまあ、安心したっつーか』

『おまえでも失敗することあるんだな』

身勝手なことを口々に言いながら、級友たちは黒河の肩を何度も叩いては笑っていた。

『でも仕事はうまくいってんだろ。おまえ、高校ンときから要領よかったもんな』

『社会人になっても相変わらず、飄々とこなしてんだろ？』

『ったく、羨ましいよなー』

友人らの口ぶりから、その話題がループするのはいつものことだと知れた。黒河も黒河でニヤリと笑いながら「まあな」などと返していたが、酔い潰れたのはその直後ではなかったろうか。

尚梧が彼らを指して「バカども」と呼んでいたのを思い出す。

彼らは黒河の家にきたことがないのだろう。リビングの本棚には収まりきらず、あちこちに散乱したうえ、寝室の床にタワーまで作っていた書籍群はどれも仕事に関するものだと思われた。黒河は自分を「庶民出のわりには稼いでる」などと言っていたが、その功績の礎《いしずえ》にあるのはこういった地道な努力なのだろう。人の性格は急には変えられない。彼らとすごした高校時代も、黒河はのらりくらりとした言動の裏にこういった面を併せ持っていたのではないだろうか。

（努力をひけらかすのが嫌っていうより、たぶん）

本人は努力してても、はたからは苦もなくこなしているようにしか見えないタイプなのではないだろうか。黒河の態度を鑑《かんが》みるに、本人的にはマイナスと捉えていないのかもしれないが。

「……損な性分じゃん」

つかみどころのなかった黒河の実体を、思わぬところで少しだけ垣間見《かいまみ》たような気がした。

それにしても――。一昨日も昨日もそんな素振りはなかったけれど、彼女との破局は黒河にどのくらいのダメージを与えたのだろうか。結婚まで考えていたとなれば、かなりの痛手だろう。遼と寝たのも自棄《やけ》の一環と言われれば、なるほどという気もしてくる。

本人はよく覚えていないと言っていたが、ベッドでの黒河はノンケにしては積極的で、快楽に溺《おぼ》れきろうという意思が感じられた。

それは、つらい記憶を振りきるための手段として？

それとも本当に「女なんてどうでもいい」と自暴自棄になっていたから？

いずれにしろ、弱い酒に溺れるくらいの未練を彼女に持っていたのは確かだ。その気持ちを、黒河はどこにしまい込んでいるのだろうか。

（そーいうの、もっと表に出しちゃえばいいのに）

薬を飲んで横になるなり、またすぐに寝息を立てはじめた黒河の横顔を、遼はシーツに肘をつきながら見守った。寝ていると妙にあどけない表情を、ラグに座り込んだまま鑑賞する。

どれくらいそうしていただろうか。気づくと、黒河の表情が苦しげなものに変化していた。熱が上がってきたのだろう。汗ばんだ額を濡れタオルで拭きながら、

(少しでも早く治るように)

遼は無意識のうちに唇を重ねていた。

黒河を苦しめている風邪が、自分に移ればいいのに……。

「あ」

そう思っての行動だったことを、唇を離してからようやく認識する。自分の中にある、目を逸らし続けてきた何かが小さく疼く。

「……………明日は元気になりますように」

囁くように唱えてから、遼はもう一度ゆっくりと唇を重ねた。

4

黒河《くろかわ》の容態が峠を越えたのは、けっきょく日曜の夜になってからだった。

実を言えば土曜にも何度か口移しを試みたのだが、我ながら呆れるほど健康な体は黒河の風邪などものともしなかったようだ。黒河がいつウイルスに侵されたのかはわからないが、水曜の夜からこっちほとんど一緒にいたにもかかわらず――加えて、病人に添い寝とキスまでしていたというのにビクともしなかった遼《りょう》の頑健さを、黒河はこう評した。

「おまえも筋金入りだな」

「あーよく言われる。バカってホント風邪引かないんだな、とか」

「そこまでは言ってねーけど？」

「顔に書いてあるよ。べつにいーけどね」

熱も下がり、ほとんど通常モードになった黒河と相対すると、なんだか急に肩の荷が下りたような気持ちになった。これで、自分がこの家に留まる理由は消えたわけだ。

あとは手帳を返してもらって、今度こそ本当にさよならだ。

すっかり起き上がれるようになった黒河に、遼は最後の世話のつもりでリンゴを剝いた。ガウン姿でスツールに座る黒河に、凜《りん》からの見舞いだと告げて房状に切ったリンゴの皿を置く。

「お、あとで礼言わなきゃな」

「届けにきたのはショーゴさんだけどね」

その尚梧《しょうご》の依頼もあってここに残ったことは伏せておく。その方が面倒は少ないに違いない。

「おまえにも悪いことしたな。ひと晩の約束だったのに」

「病人捨てて逃げるほど、薄情じゃないんでね」

包丁とまな板をキレイに洗ってから、水切りかごに入れる。そろそろ頃合いだろう。

「で、熱も下がったし、もういいよね。手帳返してくれる？」

カウンターの向こうに掌《てのひら》を差し出す。すると意外だというように、黒河が目を丸くしてみせた。

「なんだ、俺が倒れてる間に見つけらんなかったのか」

「……いいから返してよ」

後ろめたさもあり家探しの跡は周到に消したつもりだが、黒河は気づいているふうだった。そのわりに何も言わないのは、プライベートを隠す気がないのか、もしくは秘すべきものはぜったいに見つからない場所に隠してあるのか——。

（や、べつにこの人のプライベートなんてどうでもいいし）

内心だけで自分に言い聞かせてから、遼は黒河に向けてさらに手を伸ばした。

「約束はもう、果たしたよね」

「そうだな。でもおまえ、返したら帰るよな？」

「あたり前じゃん」

「そしたらまたフラフラすんだろ」

「まあね」

「――返したくない、って言ったら」

「はあ？」

黒河がそんなことを言い出す理由がわからなくて、遼は思わずカウンターに身を乗り出していた。

俯きがちに喋る黒河の眼差しは前髪に隠れてほとんど見えない。口元には、フラットな笑みが刻まれているだけだった。

「おまえをここに呼んだ理由、訊きたがってたよな」

「……うん」

遼の相槌《あいづち》に、黒河がおもむろに顔を上げる。

（あ――）

目が合っただけで肩を揺らした自分を戒めるように、両手で自身を抱き締めながら遼は一歩退いた。

こちらがたじろぐほど真剣だった眼差しが、黒河の俯きでまた見えなくなる。

「水曜の夜のことだけど、正直この家に入ってからの記憶はそんなにねーんだよな。おかげで朝イチはパニくったけど、さいわい呑んでたときの記憶はあったからな。置いてかれた俺を介抱してくれたんだよな？　で、おまえが帰ってから手帳を見つけて、この名前知ってるぞ、ってなってな」

「……俺の名前は凜から？」

「そ。沢村《さわむら》くんから『友達のタカシマ』ってよく聞いてたし、クラスも同じときたら確実な線だろ」

「そんなことまでよく覚えてたね」

「営業の記憶力舐めんなよ、一度聞いた名前と所属は忘れねー」

「ていうか、そこまでわかってたんなら、凜に預けてくれたらよかったのに」

　拗《す》ねた口調を心がけながら、遼はわざと唇を尖らせた。内心の動揺を隠すためのカモフラージュに気づいているのか、いないのか。黒河は「それも考えたけどね」と軽く返すと腰を浮かせた。空になった皿をシンクまで運び、遼の隣に肩を並べる。

「おまえの話を思い出したら、放っとけなくなった」

「――……」

　何か言おうとして、言えないまま遼はシンクの隅に視線を落とした。

　スポンジを手に、手元の食器を見ているはずの黒河の表情は真隣にいるせいでまったく見えない。

同様に黒河にも、いまの遼の顔は見えていないはずだ。

（こーいう干渉が何より嫌なのに……）

　リンゴの載っていた皿が水流に洗われるのを、遼は唇を噛み締めながら見つめた。

　そうしないとなぜか、口元が緩んでしまいそうになるからだ。

（嫌な、はずなのに）

嬉しいなんてどうかしている――。自身の反応に戸惑《とまど》いつつ、遼はそっと隣を窺った。切れ長の双眸は相変わらずシンクに落ちたまま、こちらを窺っている様子はない。

「家に帰りたくないって言ってたよな。一晩でいいから泊めてくれないかって。いつもそうやって相手探ししてんだろ？　普通はただの誘い文句だと思うよな」

「……そうだよ、俺の常套句《じょうとうく》だし」

「嘘つけ、あれはおまえの本心だろ？　おまえが家に帰りたくないのは、誰もいない家に帰るのが寂しいから――いや、誰も帰ってこない家に一人でいるのが嫌だから、だよな」

（本当に覚えてるんだ、この人……）

断定した物言いに、失くしていた記憶のピースが脳裏に浮き上がる。

家に帰りたくないなんて、持ち帰らせるための口上だからほぼ毎回口にするフレーズだし、誘い文句なんてただの符号みたいなものだ、真偽なんて誰も気にしない。

それでもたまに「どうして？」と、返されることがあった。まるで遼の言葉を本気にしたように。そういうときは同情を引くようなことを言うのがお決まりのパターンだった。

家に帰っても一人だし、寂しいから。人肌が恋しいから――。

一人寝したくないと重ねて言えば、たいていの相手は落ちた。人は経過よりも結果を重視しやすい生き物だから、寝てしまえばそれまで。セックスはある意味、リセットボタンだ。昨夜の話なんてだいたいが都合よく忘れてくれた。その中でも後腐れのなさそうな人だけをセフレに選んできた。

家に帰りたくないのは本当、寂しいのも本当、それは認めてもいい。

(だけど)

同情はいらない。誘いに乗るためのフェイクなら歓迎するが、本当の憐れみなんてまっぴらごめん。そう思っていたのに……。黒河は、意外なほど親身に話を聞いてくれた。

だからつい、口が滑ってしまったのだ。

たまにしか帰ってこない母のこと、小さい頃の思い出——そのいくつかを口にした記憶が、おぼろげながら蘇ってきた。どうせ忘れると思っていたのに、だから零《こぼ》れ出た本音だったのに。

(どうしてこの人は覚えてるんだろう?)

一人っ子の遼が父親を失ったのは、五歳になってすぐのことだ。交通事故だったという。ほとんど家によりつかなかった父の記憶はいまでも薄い。自分にとっての家族は、それまでもそれからも意識のうえでは母一人しかいなかった。

母子家庭になってから、母はそれまで以上に仕事に精を出した。もともと業界では名の知れたピアニストであり、目を惹《ひ》く容貌を持っていた母は、メディアに出た途端、ひっきりなしに仕事が舞い込むようになった。

遼が不自由することのないようにと、家にはハウスメイドや家庭教師などがかわるがわる顔を出した。だが昼のうちはどんなに賑やかでも、その誰もが夜にはどこかへと帰ってしまう。家に残されるのは遼一人だった。

この家に帰ってくる唯一の家族の「ただいま」を聞けるのは、月に数度しかない。静まり返った広い部屋で一人きりですごす夜は、世界が終わるのを息を詰めて待つような閉塞感があった。

誰かそばにいて、一人にしないで——。

自分のために頑張ってくれている母には、とても言えなかった。

母が弾くピアノ曲をエンドレスで流しながら、遼はいくつもの夜と孤独を耐えた。

（べつに、この家にいなくてもいいんじゃん？）

そう気づいたのは中学に上がってからだ。海外に拠点を移した母が帰ってくるのは、年に数えるほどになっていた。それでもメールや電話で、母とはいつでも繋がっている安心感があった。

あとは夜さえしのげればいい。遼の夜遊びがスタートしたのはその頃だ。


黒河が指摘したことはどれも真実だ。でも、それが——。

「本心だったとして、何？　何度も言うけど、黒河さんには関係ないよね」

「だから言ったろ、放っとけなかったって。だいたいおまえにとってのセックスって、人肌を感じるための『手段』にすぎねーって自覚してるか？　んなガキの浅知恵、放置できるかよ」

「……わかってるよ、そんなこと」

夜遊びといっても毎晩、出歩いているわけではない。今夜は一人でいたくない、そういうときに誰かの家に転がり込んで、気持ちいいことにしばし逃避するだけ。

(それの何が悪いの?)

黒河が水栓のコックを元に戻す。

水流の音が止《や》んだ途端、自分の鼓動がやけに耳につくようになった。

「黒河さんがどう思おうと、口出しされる筋合いはないよね」

「俺はあると思ってるけど?」

「ないよ。同情でもしてるつもりならやめてくれる? っていうか迷惑だし」

母に感謝しない日なんてない。活躍の場を無理に広げてまで頑張ってくれた母のおかげで、いまこうして不自由なく暮らしている自分がいるのだから。母の愛を疑ったこともないし、遼も母のことは誰より大事に思っている。でも——。

一人ですごした夜の数だけ、見捨てられたような思いも積み重ねてきた。

そうじゃないと頭ではわかっていても、充《み》たされない思いが作った心の隙間は自分では埋めようがなかった。あの家に一人でいると、この世でただ一人の生き残りみたいな気持ちになるのだ。

(だから、帰りたくなかった)

誰かと一緒に夜を越えるだけで気持ちは紛れた。一人ぼっちじゃないと思えた。

でも所詮《しょせん》、その場しのぎにすぎないことは自分でもわかっていた。その証拠に、心の隙間はいままでも塞がっていない。その空虚を埋めるような、思い思われる恋愛にも憧れた。

互いに信頼を置き、気持ちを深めていくような――凜の恋が、遼には目映《まばゆ》く見えた。

でも自分にはそんなこと、怖くてできない。だってまた。

（一人にされたらどうしたらいいの？）

誰かを愛して裏切られたら、心にどれだけの穴が開くだろう。

心を許した人に捨てられたら、世界は終わったも同然ではないか。

とてもじゃないが、そんな痛みには耐えられる気がしない――。

だから、その場しのぎのドライな繋がりしか求めなかった。いつ切れても、痛くない関係ばかりを選んできた。自分の胸のうちからも目を逸らして、誰かが覗き込むのも許さなかった。それでいいと思っていたのに……。ずっと警戒し続けてきた事態へのステップがいま足元にある。

（これ以上ここにいたら、心の奥まで踏み込まれる――）

直感に従って逃げようとした遼の腕を、「待てって」と黒河の手が機敏に引き止めた。振りきろうと力を込めるも、腕力の差を知らされるばかりでろくな抵抗にもならない。

「手帳、いらねーのかよ」

「もういいよ。黒河さんの好きにすれば？」

この場を逃れられるなら、手帳なんてどうでもよかった。後ろ手に右手を捕らわれながら、遼は振り返りもせず「言いたきゃ、ガッコに言いなよ」と半ば自棄で吐き捨てた。

「好きにしていいんだな」

「ええ、どーぞ」

念を押すようだった言葉に、「勝手にしたらいいよ」と、返した直後。

「そんじゃ遠慮なく」

(え――)

背後から痛いほどに抱き竦められて、遼は二の句が継げないまま黒河の腕の中にいた。

「好きにしろって言ったのはおまえだ」

「……屁理屈、ムカつく」

「何とでも言え」

この腕の温もりが心地いいと知ってしまったのは、木曜の夜のことだ。

金曜も土曜も、遼は黒河の隣に忍び込んで眠った。夢は一度も見なかった。誰かの温もりに触れて眠る、ただそれだけであんなに安心できるものだとは知らなかった。それが「誰か」じゃなくて黒河だからなんてことには、間違っても気づきたくなかったのに――。

身を固くしながら、遼は声が震えないよう腹に力を込めた。

「ぶっちゃけ、あんたってゲイじゃないよね」

「ちげーよ？」

「だったら俺に構わないでよ。俺は真性だし、ノンケのおもちゃにされる気ないから」

これが精いっぱいの強がりだった。

そもそも黒河の言葉はどれも、フられた自棄に端《たん》を発している可能性がある。それを真に受けてバカを見るのは、ほかでもない自分だ。なのに。

「やだね」

「は？」

「俺は俺の心のままに行動すっから。おまえの指図は受けねー」

子供かと突っ込みたくなるほどの呆れた言い草に、遼は思わず声を荒げていた。

「てか、こっちが嫌がってるのは通じてる？　迷惑してるってのはっ？」

「聞こえねーなぁ」

そんな押し問答をしている間にも、体を包む体温がじわじわと馴染んでくる。

（この人って……）

どこまでが本気で、どこまでがフェイクなのか、黒河の言動はその境界がわかりにくい。

尚梧は黒河のことを「弱みの見せ方を知らない」と言った。木崎《きざき》たち高校時代の同級生らは、いまだに黒河の努力家な面には気づいていないようだ。この数日、自分が見てきた黒河も捉えどころがなくて、本音が読めなくて、振り回されるばかりだったけれど。

そうではない面も知ってしまったから……。

どこかやるせない、淡い吐息が耳元に触れてきた。

「手帳は返す、約束だからな。でもできればここにいて欲しい」

あの日、酒に潰れ、快楽に溺れ、体まで弱らせたのは事実であり、そうさせた衝動がいまも黒河の中には深く根づいているはずだ。

「……嫌だ、って言ったら」

「俺を一人にすんなよ」

そんなふうに言われて突き放したら、こちらが悪人のようではないか。

狡《ずる》い手口だと思いながら、遼はややして背中に体重を預けた。ならばこちらも小狡い手に出るまでだ。身代わりでもいい。気休めでもいいから、この好意に甘えて――。

(つけ込んでしまいたい)

思考まで溶かすような甘い熱に囚《とら》われながら、遼は小さく頷いて黒河に身を委《ゆだ》ねた。

――そんな流れでベッドに入ったので、

「え、ヤんないの?」

「ヤんねーよ。おまえとはヤんないって、最初に言ったろ」

「あんなふうに引き止めといて、ヤんないとかマジ詐欺なんですけど……」

しっかり臨戦態勢に入っていた遼は黒河の言葉にげんなりと項垂れた。黒河も本調子ではないだろうから、軽く一回戦だけ……なんて考えていたのに。

「おまえは人肌恋しいだけだろ。——知ってるぞ、昨日も一昨日も俺の隣に潜り込んでたの」

「嘘だ、あんたぜんぜん起きなかったじゃん」

「やっぱこっちで寝てたか」

カマかけにあっさりと引っかかった迂闊《うかつ》さに唇を尖らせながら、遼は一人だけさっさと横になった黒河の隣に、仕方なく自分も横たわった。

「でも、こういうときはドロドロに溺れる方が効果的だと思うけど」

「何に」

「セックス」

「……何の話だ？」

「失恋対策。だっていま、一人寝できないのそっちだよね？」

たっぷり五秒ほどの間があってから、思いきりこめかみを小突かれた。

「ガキが、バカなこと言ってんな」

「そのガキ相手に三回戦もした人、誰だっけ」

「知らねーな」

「だから、思い出させてあげるってば」

隙をついて馬乗りになろうとしたところで、顔面をつかんで阻止される。

「大人しく寝てろっつーの」

「全力尽くしてから諦める主義なの」

木曜の夜はあえなく撃沈したが、意識のあるいまなら落とせそうな気がした。旺盛なチャレンジ精神で果敢に挑む遼を神妙にさせたのは、「あ、熱上がってきた」の黒河の一言だった。

「おまえも学校だろうが、俺も明日は仕事なの」

「……俺いつまでここにいていいの」

「そりゃ、俺の気が済むまで」

平然と勝手なことを言いながら、黒河がこちらに背を向けて就寝体勢に入る。

本当にどこまでが本気なのか——。

「黒河さん……」

その背中に額を押しあてると、まだ少し熱めの体温がじかに伝わってきた。

「彼女のこと、どれくらい好きだった……？」

返事を期待しての問いかけではなく、気づいたら口にしていた問いに自分でも虚をつかれる。

寝たフリでスルーされたのかと思うくらい間があってから、黒河が「さあな」とだけ返してきた。

額を通じて伝わってくるビブラートを感じたくて、さらに問いを重ねる。

「何年くらい付き合ってたの」

今度はさっきよりも時間をかけずに「一年ちょい」と、簡潔な答えが返ってきた。

（思ってたより短いんだ）

言い替えればそれだけの付き合いで結婚を決意させるほどの思慕が黒河に、そして決意させるだけの魅力が彼女にあったのだろう。呑み会での話を総合すると、互いに両親への挨拶も済ませ、二人の気持ちは固まっていると誰もが思っていた中、彼女だけが違う未来を見ていたらしい。

『好きな人ができたの』

と黒河が彼女に告げられたのは、今週の月曜のことだったという。

『それで』

『別れたいんだけど』

前触れもなく一方的だった要請を、黒河はそのまま「ああ、わかった」と受け入れたらしい。そのあまりの平淡さに彼女が最後に言ったのが「あんたって割りきりよすぎ」。

『返事を間違えたな』

と、木崎が笑いながら言っていたのも思い出す。その点は自分も木崎に同意したい。あくまでも推測にすぎないが、彼女が本当に別れを決意したのは黒河の返事を聞いたときではないだろうか。

その後すぐに思い人を追いかけて渡米したというので、心変わりも事実なのだろうが、黒河の立ち回りが少しでも違えば結果は違ったかもしれない。

そのミスを、木崎たちは「めずらしい」と評していた。

黒河自身は「あー、なんかタイミング逃した的な、ね」と苦笑いしていた。その後のピッチを思えば、切ない黒河の心中が透けて見えやしないだろうか。

「別れたのって彼女のため、だよね」

気移りした彼女を言葉巧みに繋ぎ止めたとして、何になるだろう。

世間体のため？　体裁を保つため？

そんなことの犠牲にならないよう、黒河は彼女を思いきらせる態度をわざと取ったのではないだろうか。そういう心の機微をどこかで感じていたから、あの尚梧も黒河のことを心配――。

「いや、予定してたとおりの結末だよ」

「……え」

意外な返答に思わず体を起こすと、遼は覆い被さるようにして黒河を覗き込んだ。

「どーいうこと？」

「あて馬だったんだよ、最初から」

「え？　って、むぐ……っ」

無遠慮に覗いた遼の鼻をつまんでから、黒河が仰向けになる。

つままれたまま脇へと押しやられて、遼は枕に肘を埋めながら黒河の表情を見守ることにした。それは苦しげなものではなく、いっそ清々しいといった晴れやかさに充ちていた。

「彼女には煮えきらないバツイチの本命がいてね。そっちを煽るための画策《かくさく》だったんだよ」

そう口にする声音も、すっかり吹っ切れているかのように軽い。

「黒河さん、それ知ってたの？」

「つーか俺の立案。——ぶっちゃけ、これで俺に傾きゃいいって下心アリだったんだけどな。そばにいればいるほど向こうの本気が伝わってくるっていう、ね。その線はすぐ諦めたよ」

「……お人よし」

「自分でもそう思う、ホント」

苦笑で口角を引き上げた黒河が「ま、なるようになっただけだからさ」と、どこか満足げな様子で目を瞑《つむ》った。

結婚話を持ち上げて気を揉ませる作戦は無事に成功し、腹を決めた本命からのプロポーズを受けて、彼女は彼を追い渡米したのだという。ちなみにそのお相手はもう数年で還暦を迎えようという年頃らしい。黒河とそう年の変わらない彼女のアプローチに、相手が躊躇《ちゅうちょ》したのも頷ける話だ。

「やー、でも最後に『割りきりよすぎ』とか言われてさ」

「知ってたんだ、彼女」

「バレてると思わなかったから泡食ったけど、言われてようやく役目を終えたみたいな気になったよ。横恋慕しようなんて気持ち、とっくの昔に消えてたけどな。ああこれで完結したって思った」

「フウン……」

妙に晴れ晴れしい表情を見守りながら、遼は検証のために疑問を連ねた。

「じゃあ、両親に紹介したって話は？」

「あーそれ、俺の流したデマ。あっという間に回ったな」

「ってことは、呑み会で聞いた話は全部……」

「世間向きのシナリオだよ。真相を知ってるのは彼女と俺と、おまえだけだ」

「え、ショーゴさんにも言ってないの？」

「ああ、言ってねえ」

黒河のことを案じていた尚梧の眼差しを思い出す。

真相は知らなくても、黒河を突き動かした「思い」についてはよくわかっていたのではないだろうか。彼女に向けられていた恋情をはっきりと見て取っていたからこそ、破局を酒の肴にした木崎たちとは違い、尚梧は本気で心配していたのだろう。

「なんで本当のこと言わなかったの」

「バカか、って呆れられんのがオチだしな。それに――」

何か言いかけるもけっきょく言わずに飲み込んだ続きが、遼にはわかる気がした。

「心配かけたくなかった？」

「あー……ま、そんな感じ。あいつには言うなよ、どれも」

「言ったら？」

「マジ泣きさせる、覚悟しとけ」

ここで冗談を返してくるのが黒河らしいなと思いつつ、遼は布団《ふとん》に身を潜《もぐ》らせると首筋まで毛布を引き上げた。枕に頭を沈めながら、間接照明で淡く光っている天井を見つめる。

「黒河さんにとってショーゴさんは、大事な友人なんだね」

「何だ急に……？　つーか、そういう方向に話が転がるのはあんま好ましくねーんだけど」

「や、今回の件でちょっと見直したし」

嫉妬深くて身勝手で、ひと回りも年下相手に本気で威嚇《いかく》してくる大人げなさといい、凜はあれのどこに惚れたのか不思議でならなかったのだが、その理由も少しだけわかった気がした。

その年下相手に躊躇《ためら》いもなく頭を下げられる潔さは、そう誰もが持っているものじゃない。

「ショーゴさん悪くないかもって初めて思った」

素直な感想を零すと、隣で溜め息の転がる音が聞こえた。

「……おまえもそっちに転ぶ派か」

「何？」

「何でもねー」

ふいに充ちた沈黙の隙間に、遼は心持ち潜めた声で問いを滑らせた。

「――彼女に未練はないの」

「言ったろ、不毛な思いはとっくに断ち切ったって」

（じゃあ、なんで……）

いちばん気になるのは、この一点だ。

「どうして酔い潰れたの……？」

ほとんど囁きに近かった声を拾って、黒河がふっと息を漏らすように笑った。

「何、おまえも心配してくれてたわけ」

「べつに。ショーゴさんに釣られてみただけ」

(おっと)

反射的に言い返してから、いまの発言は尚梧との約束を破ったことになるのではないかと気づくも、話の流れからしていまさらだろう。

「優しいねぇ、おまえら」

同時にこちらの思いまで汲《く》んだらしい黒河が、わしゃっと遼の髪を掻き回してきた。

「ドラマを期待されてるとこ悪いが、二次会でウーロン茶とウーロンハイを間違えて呑んだってオチだよ。その酔いがちょうど三軒目で回ってきたわけ。ま、あの辺で抜けようと思ってたから、結果的にはちょうどよかったけどな」

「……ホントに?」

「おう」

こちらの反問に被せるように返ってきた即答ぶりに、

(あれ、なんかちょっと嘘くさい……?)

一瞬眉をよせるも、横からいきなり頬をつつかれて思考が寸断されてしまう。

「何」

「や、おまえも可愛いとこあるなって」

「いまさらじゃない？　俺、最初からすーげえ可愛かったけど」

「あーそれ。それがおまえの可愛くないとこ」

「……放っといて」

どうにも好ましくない話運びは、先ほどの報復だろうか。

（でも、だとしたら）

黒河が自分と寝たのは、フられた自棄が理由ではなかったということだ。ならば真相は。

酒の勢い？　それともただの同情？

重ねて質《ただ》そうと開いた口を、遼は緩く結んでから小さく息をついた。

口調がいつものペースなのでつい忘れかけていたが、黒河の体はまだ本調子ではない。本格的に就寝体勢に入っていた病み上がりのために、遼はリモコンで間接照明を消した。

「おやすみ、黒河さん」

「んー……」

半ば夢の住人と化しているような返事を聞いてから、自分も目を閉じる。昨日今日と、看病で奔走していたおかげで遼もほどよく疲れている。——にもかかわらず、睡魔はなかなか訪れなかった。

やがて焦れて目を開けたところで、隣で身じろぐ気配があった。

視線だけで窺うと、寝返りを打った黒河がこちらを向いて「ん」と腕を伸ばしてくる。

「何……？」

「寝つけねーと思ったら、抱き枕がなかった」

至極あたり前のような口調で言われて、

（この人ってホント……）

ちょっとだけ笑ってから、遼はゆっくりと黒河の腕の中に身を投じた。

この数日で、すっかり慣れた腕の重みが肩にかけられる。

（あったかい――）

その後、意識があったのはほんの数分で、遼はすぐに深い眠りに落ちていった。

5

部活の朝練組がはけた頃合いを見計らって、体育館のロッカールームを目指す。

始業前のこの時間なら誰かと行き会うこともないとこれまでの経験からわかっているものの、遼《りょう》はちょっと緊張した足取りで静まり返った更衣室に滑り込んだ。

（よし……）

ひとまず誰にも見咎められなかったことにホッとしながら、ロッカーのダイヤルキーを合わせる。と、その油断をつくように、横合いから急に声をかけられた。

「おはよう、遼」

「……おはよーっつか、なんでこんなとこにいんの、凛《りん》」

ロッカー列の端から顔を覗かせていた親友に胡乱《うろん》な眼差しを送ると、形のいい唇がふふ、と楽しげに笑みを刻んだ。

「忍び足で体育館に向かうのが見えたから、思わずあとつけてみた。だって……」

「――わかってるから言わないでくれる？」

機先を制して凛の口を封じると、遼は溜め息交じりにロッカーに手を突っ込んだ。ブランドロゴの入ったショッパーには、こんなときのための着替えがいつも入れてある。

「諸事情あって、こんな格好なの」

「だろうね。遼の趣味とは思えなかったからさ」

そう許してもらえるのはありがたいが、それだけにここまでの道中はいたたまれないものだった。

当初の予定では洗濯済みだった先週木曜の服をリサイクルする気でいたのだが、思わぬトラブルに見舞われてその上下ともダメにしてしまったのが、家を出る五分前のこと。

黒河《くろかわ》の家にいる間は勝手に服を借り漁っていたのだが、さすがにそれで外に出られるほどサイズや年代が合うわけではない。少ない選択肢でコーディネートを練る時間もなく、取り急ぎ乾燥機に突っ込んであった黒河のスウェットに袖《そで》をとおすなり家を飛び出してきたのだ。

そのうえ通常登校の時間配分でいたため、着替えの時間を捻出《ねんしゅつ》するべくマンションから地下鉄まで、および最寄駅から学校までの道のりはひたすらダッシュするはめになった。運動はそこそこ得意な方だが、門を潜る頃には肩の上下が収まらない有様だった。

「どこのジムから走ってきたのかと」

ロッカーに肩を預けながら披露された思い出し笑いに、力なく首を振ってみせる。

「だから言うなって」

凜の感想どおり、黒河がいつもジムで使っているというグレーの上下は機能的でデザインも悪くないが、さすがにこの姿で登校するのは抵抗がある。衣服には気を遣い、オシャレ番長を自認している遼にはなおさらだった。

（スウェットにピーコートとか、ちぐはぐすぎて……）

こんな格好で渋谷乗り換えを敢行《かんこう》した自分に、いまさらながら気が滅入ってくる。

今日はもう悪目立ちしたくないので、遼は用意してあった着替えの中からなるべく無難なラインを選んだ。Uネックのカットソーに、白黒ボーダーのドルマンセーター、その上に黒いサテンのジレを羽織る。パンツはグレーのサルエルジーンズにした。

朝の冷気の中でひととおり着替え終わったところで、ようやくひと息つく。

「あー寒かった……」

「さっきの服って、黒河さんの？」

敏《さと》い友人の指摘に、遼は多くは語らず「まあね」とだけ応じておいた。尚梧《しょうご》が何をどんなふうに話したのかわからない以上、下手に言及するのは藪蛇《やぶへび》になる。

（あの人とヤッちゃったなんて話、凜にはちょっと言いにくいしね）

「金曜はサンキュ。助かった」

バッシュの紐を結び直しながら入れた探りに、凜は「ううん」と首を振ってみせた。

「黒河さん、元気になったみたいでよかったよ。それにしても、どうして遼が黒河さんのマンションにいたの？」

「ショーゴさんは何て言ってた？」

「エレベーターホールで鉢合わせたって」

尚梧が気を利かせたのか、たんに説明を端折《はしょ》っただけなのか（たぶん後者だ）、遼がもともと黒河の家にいたことを凜は知らないらしい。これ幸いとばかり、遼は尚梧の言い分に乗ることにした。

黒河とヤッたうえ、あの家に転がり込み、抱き枕にまでされている現状はなんだか妙に気恥ずかしくて、凜にはしばらく打ち明けられる気がしない。

「あー、実は木曜にお持ち帰りされた先が偶然、あのマンションでさ。で、翌朝学校いこうと下までいったらショーゴさんにバッタリ会って、そのまま黒河さんのところに強制連行だよ」

「そうなんだ」

「俺、黒河さんと面識ないのにさー」

ホント困ったよ……といかにもな嘆きを賢しく挟んでから、遼はメッセンジャーバッグに畳んだスウェットを手早く詰めた。これを持ち帰るのは、今日もあの家に帰るつもりでいるからだ。

「あれ？　つーかもしかして今日の三限、音楽？」

「だよ。感想文書いてきた？」

「忘れた。一限で書く」

「……あのね、一限は自習じゃなくて古文なんですけど」

「俺の席ならバレないって。楽勝」

軽口を叩きながら、連れ立って更衣室をあとにする。凜は黒河の様子を知りたがったが、あまり詳細に触れるとボロが出そうで、遼は話題を転がすことでどうにかしのいだ。

教室に入るなり予鈴が鳴って、窓際のいちばん後ろの席を引く。いちおうは古文の教科書を出しつつも、遼はその下に学校規定の原稿用紙を忍ばせた。続いてペンケースを探してバッグに差し入れた指が、内ポケットに入っていた生徒手帳の表紙をかすめる。

(――ようやく戻ってきた)

黒河が手帳を返してくれたのは、朝食のシリアルを掻き込んでいるときだった。

それもどこかから持ってきたわけではなく、目の前にあったグラノーラの箱の中から取り出してみせたときは、思わず牛乳を吹きそうになった。

『……そんなとこに』

『おう。すぐ見つけるかと思ってた』

意表をついて靴箱やバルコニー、もしくは冷蔵庫の中に隠してあるとか？　など、さまざまな可能性を考えつつ探したつもりなのだが、キッチンの戸棚はほとんど調べなかった己の手落ちぶりに自然と表情が渋くなってしまう。

『子供の宝探しじゃないんだからさ』

『似たようなもんだろ？』

相変わらずの子供扱いにわざと頬を膨《ふく》らませると、黒河が「ついでにこれもやる」と、手帳の上にシンプルなキーリングを重ねた。リングにひとつだけセットされた、それは――。

『これでいつでも入れるだろ』

『え、ってこれ……っ』

それが合鍵だと気づいた瞬間、遼は思いきりシリアルの皿を引っくり返していた。牛乳とふやけた穀物塗れになった服は、そこで諦めざるを得なかったというわけだ。車で送るという黒河の申し出を「病み上がりが無理すんな」と断ったのは半分本音で、半分は照れくさかったからだ。

それでもつい何か一言、言いたくなって、

『黒河さんてば、俺のこと好きー？』

出がけに冗談めかして訊いてみると、黒河は遼の頭を小突いて笑ってみせた。

『ガキが生意気言ってんじゃねーよ』

（じゃあ、どうして俺を構うの？）

どうしてあの日、拾ってくれたの？　どうしてそばに置いてくれるの？

昨夜訊けなかった疑問を胸のうちだけでくり返しながら、遼は学校までの道のりをひた走った。

（――今日、帰ったら訊けるかな）

授業開始十五分で終わらせた課題を机の中にしまってから、遼はバッグに手を入れてプラチナ色のキーリングをノートの上に載せた。左右に凹凸《おうとつ》のない、フラットな鍵の差し込み部に指を滑らせる。表面にだけ刻まれた溝《みぞ》を指でなぞりながら、遼はにやけそうになった口角を慌てて引き締めた。

合鍵に込められた意図を、どう解釈していいのかはひとまず夜に持ち越す。

（でも、これって）

信頼されていると思っていいのだろうか。そうでなければこんな重要なものを預けるはずがない、遼の常識ではそういう方程式になるのだが——さすがにそれは黒河にも通じる公式だろう。

放っとけないと言われた。そばにいてくれと言われた。

ちょっと前まではそんな言葉、遼にとっては煩《わずら》わしいものでしかなかった。放っといて欲しかったし、誰かの要望に応える気なんてさらさらなかった。それなのに。

黒河には構われたい、と思っている自分がいる。それが何を意味するのか、果たしてその先を考えてしまってもいいものなのか、遼にはその判断がつかなかった。

（たぶんもう、片脚は突っ込んでるよね）

さらに一歩進んで歩みよるのか、それとも一歩引いて撤退するのか。いまが、その瀬戸際だ——。

「それってどこの鍵？」

考え事のせいですっかり上《うわ》の空《そら》だった遼は、凜に話しかけられて初めて一時限目が終わっていたことを知った。慌てて教科書類を入れ替えながら「俺ン家の。付け替えたんだ」と誤魔化《ごまか》しておく。フウン……と首を傾げた凜に、遼はすかさず尚梧の話題を振った。意外と友達思いで見直したと言うと、凜が眩しいものを見るように睫《まつげ》の庇《ひさし》を下げながら微笑んでみせた。

「遼に褒められると、すごく嬉しい」

その笑みがいかにも幸せそうに見えて、遼も気づけば眩しいものを見る目になっていた。

（いいな。俺もこんなふうに……）

その先はあえて続けず、胸のうちに納める。

それから場の雰囲気を掻き乱すように「で、昨日はどんな体位だったの？」とわざと返すと、手痛い平手がくり出された。遼は甘んじて背中でそれを受け止めた。


放課後になるなりまっすぐ黒河の家に帰り、無人だった家に明かりを灯す。

黒河の家に「帰る」ことに、もはや抵抗も躊躇いもない。むしろもらった合鍵が使いたくて仕方なくて、エントランスではむやみやたらと頬が緩んでしまったくらいだ。セフレとは外で会い、夜明かしはどこかのホテルが定番だったから、こんなふうに誰かの帰りを待つのは久しぶりだ。

勤め人らしくまだ帰宅していなかった黒河のために夕飯を拵えると、遼はその後しばしリビングのソファーで読書に耽《ふけ》った。――が、いつのまにか眠り込んでいたらしい。

久しぶりに見た夢は、やはり小さい頃の情景だった。

夢の中の自分は母にピアノを習っている。何度やっても基本の運指で躓《つまず》く自分に、母が笑みを交えながら手本を見せてくれる。ようやくうまくいったところで隣を見るも、そこには誰もいなくて――。

悲しくなって俯きながら、それでも弾き続ける自分がいた。いまではすっかり弾けるようになったソナチネの旋律に、時折り鍵盤を打つ涙の音が入り交じる。

ややして気づくと、ピアノを弾いているのはいまの自分に変化していた。

その隣には誰かがいて、ともに笑いながら音程の外れた連弾に興じている。一見して楽しそうなその光景は、自分がずっと憧れていた目映《まばゆ》さに充ちていた。思わず細めた視界に残像のように残ったのは、隣で笑う黒河の姿だった。

（願わくは……）

あんなふうに在りたいと祈ったのを最後に、意識が浮上をはじめる。

投げ出していた肢体に、ブランケットをかけられる感触で目を開けた。傍らに膝をついた黒河に「起きたか」と問われて頷いたのち、そっと目元を拭われる。どうも現実でも泣いていたらしい。

「これじゃ、ガキ扱いされても仕方ねーよな」

その一環のように宥《なだ》めるような手つきで髪を撫でられて、

（――反則だよ）

遼はいまにも泣きそうになっている自分を、どうしようもなく自覚した。

子供扱いでも構わないから、触れて欲しい。構って欲しい。抱き締めて欲しい――。

片脚どころか、もうとっくに首まで浸《つ》かっていたようだ。

「……じゃあ、ガキのワガママきいてよ」

寝起きのかすれた声のまま、胸に押し留めていた言葉をゆっくり声にしていく。

「俺、あんたに構われたい。あんたのプライベートに食い込みたいの」

「寝ぼけてるのか？」

はぐらかすというよりは本気でそう思っている口調に首を振ると、黒河が「そうか」と静かに頷いてみせた。それからおもむろに上半身をすくわれて、抱き締められる。

「もうとっくに食い込んでるっつーの。——じゃなきゃ、合鍵なんか渡すかよ」

「あれ、って……」

意味を問う遼に、黒河の腕の力が少しだけ弱まった。

「帰したくないって言ったろ、そういう意味だ」

「え……」

「迷惑してるなら捨ててもいいし、二度とこなくてもいい。それはおまえの好きにしろよ。でもおまえはここに帰ってきた。なあ、俺は自惚れてもいいんだよな？」

（そんなの……っ）

らしくもなく不安げにかすれた声に、遼は夢中で黒河に縋《すが》っていた。

そういう意味であればいいと、思っていた以上の言葉をもらえて目頭が熱くなる。子供のようにしがみつくしかない自分に内心だけで苦笑しながら、それでも遼は腕を解けずにいた。

心音が伝わってくるほど密着しながら、自分と同じくらい早鐘を打っている鼓動が、嬉しくて愛しくて堪らなかった。ずっと名づけずにいた気持ちが、あとからどんどん込み上げてくる。

（どうしよう、やばい）

しゃくり上げそうになるのを必死に堪《こら》えていると、黒河の腕の力が急に緩んだ。

「頼むからもう、フラフラすんなよ」

ちょっと困ったような顔で前髪に口づけられて、視界がみるみるホワイトアウトする。

自分の恋が、眩しすぎて泣けるとか——。

(何それ、笑い話……？)

内心で突っ込みつつも涙が止まらなくて、遼はしばらくの間、黒河の腕の中で泣き続けた。


——それが数時間前の出来事だったので、今度こそめくるめく夜を楽しめると思っていたのに。

(また、抱き枕だし)

遼の攻勢を躱しに躱した末、最後はプロレス技でギブを取るという色気もへったくれもない手段で安眠を勝ち取った黒河によって、遼はその晩も大人しく寝ることを余儀なくされた。

翌日も、さらまたその翌日も。あの日の抱擁は幻だったんじゃないかと思うほど、色気のない日々があれから三日も続いていた。抱き枕を含め軽いスキンシップはあるものの、セックスはおろかキスすらない健全な生活は、遼にとってはひどく物足りない日々だった。

軽口は相変わらずだが、目が合えば微笑んでくれたり、ふいうちで抱き締められたり。

(帰りが遅いと心配するし、SNS覗くのも禁止されたし)

そういう大事にされている感は伝わってくるのだが、肝心な夜の営みだけがぽっかりと抜け落ちているのだ。寝床とごはんを用意されて、いいだけ構われて可愛がられる。これではまるで。

「――飼い猫か、俺は」

心中の葛藤《かっとう》を口にしてしまってから、遅ればせながらここが昼休みの教室なのを思い出す。

「煮詰まってるね」

差し向かいで弁当を広げていた凜が、正しい箸使いで食を進めながら、意味ありげな視線を遼に据えてきた。だがそれには気づかず、机の空いたスペースに怠惰に伏せながら、遼はすっかり愚痴《ぐち》吐きモードで「それが、実はさー……」と弱音を吐き出した。

これまで何かあるたびに、包み隠さず打ち明けてきた習性はなかなか抜けない。凜がまたこれ以上ないというくらい的確なアドバイスをくれるので、今回もついその教授に甘えたくなってしまったのだ。相手の素性さえ明かさなければ、気まずい空気になることもないだろう。

「いまちょっと、付き合ってるっぽい人がいるんだけどさ」

これまでの遍歴から考えて、まずはそこで驚かれるかと思ったのだが、意外にも凜は頓着《とんちゃく》することなく「それで？」と続きを促してきた。遼にとっても、突っ込まれないのは好都合だ。

「キスはしたことあるんだよね。その先も最初の日に一回だけ。でもそれ以降、ぜーんぜんご無沙汰なのってなんでだと思う？　俺って魅力ない？」

そこで顔を上げて、とっくに食べ終わっていた菓子パンの袋をくるくると丸めながら、遼はふてくされた体で椅子にもたれた。退屈している子供のように、ボアのハーフサルエルから覗く脚をまっすぐに下ろして爪先だけをハタハタと上下させる。その様子を冷めた目で見ていた凛が、唐突に。

「それって黒河さんのことだよね」

思わぬ爆弾を落としてきた。

「――……ッ」

てきめんに硬直してしまった体が、口八丁の遼からすっとぼけるチャンスを取り上げてしまう。やや して椅子の下に両脚を折り畳みながら、遼は机に身を乗り出した。

「……なんで知ってんの」

驚きと気まずさが半々になった小声に、凛が涼しい顔で首を振ってみせる。

「いつ話してくれるのかなって、ずっと待ってたんだけど。遼ってば友達がいがないよね」

「え、や、だって……」

思いあたる節《ふし》と言えば尚梧しかいない。さてはその線から漏れたのかと訊ねるも、凛は憐みすら滲《にじ》ませながら片目を眇めてみせた。

「木曜の放課後、俺は委員会フロアにいたんだよ？　黒河さんの愛車も知ってるしね。それに遼が持ってたキーリング、あれは尚梧さんが黒河さんの誕生日に贈ったものなんだよね。それだけでも推測を立てるには充分だと思わない？」

それを裏づけたのが、最近の自分の言動だったと言われては観念するしかない。

「けっこうバレバレだったよ。黒河さんのこと訊くとすぐ話題変えるし。――それにこれも」

言いながら伸びてきた指が、胸に留めていたピンバッジを指す。

「黒河さんがしてるの、見たことあるんだよね」

王家の紋章によく使われるランパントライオンをモチーフにしたそれは、実は家探ししたときからずっと目をつけていた代物だった。

「一点物のシルバーだって聞いたけど」

「……そう。カッコイイから借りてきたの、これ」

（こうなったら、全部言っちゃえ）

本腰入れて相談に乗ってもらうために、凛が食べ終わるのを待って、屋上に向かう階段の踊り場に誘った。凛が先に腰かけた中段のステップに、遼も並んで腰を下ろす。

今日は午後の授業が研究会準備にあてられるので、遼にとっては半日授業のようなものだ。委員会での担当分を上げた凛も今日はフリーだと聞いていたので、これはまたとない機会だった。

チャイムが鳴っても静まらない校内のざわめきに紛れるようにして、打ち明け話をする。これまでの経緯をかいつまんで話し終えたところで、凛は「なるほどね」としかつめらしい顔で頷いてから、唐突にふっと表情を緩めた。

「よかったね、遼。相手が黒河さんってちょっと意外だけど、すごくいいと思う」

「え、あ、ありがとう」

親友から満面の笑みで祝福されても、いまひとつ享受できないのはやはり黒河の態度がネックになっているからだ。これまでがこれまでだったこともあり、遼としては体を繋げるコミュニケーションに飢えを感じているのだが、だからといってほかの誰かとヤろうなんて気にはもうならない。

快楽のためのセックスじゃなくて、愛あるセックスが。

（シたいのに、黒河さんと！）

「こんなのお預け状態じゃんー……」

セックスレスを嘆く遼に、凛はこともなく「でもそれ、当然じゃないかな」と述べた。

「だって黒河さん、こないだまで女の人と付き合ってたんでしょ？　遼とシたのもお酒の勢いだったみたいだし。そう簡単には、スイッチ切り替えられないんじゃないかな」

「……やっぱそういうもんかな」

凛の理屈は道理だ。ノンケの黒河にしたら、同性とのあれこれはハードルの高いものだろう。

一度目の情事だって、本人はよく覚えていないと言っている。だとしたら肉体面では、一からの積み直しが必要というわけだ。

「あんまり追い詰めるのは、逆効果だと思うよ」

「——ハイ」

このところ毎晩の押せ押せ攻勢を見抜かれているようで、遼はシュン……と頭を垂れた。

黒河の胸中まではわからないが、一足飛びに最後までを望むのではなく、段階を踏んだ方がお互いのためになるんじゃないかと続けて諭《さと》される。凛の言葉はどれも正論で、先走っていた自分には見えなくなっていた視点だった。真摯な言葉をくれる、親友のありがたみが胸に沁みる。

『とりあえず、キスからはじめてみたら？』

そんな凜のアドバイスを胸に、遼は終業のチャイムを待たず学校をあとにした。

ここ数日、渋谷回りで地下鉄乗り換えだった帰宅経路を、ふとした思いつきで今日は明大前《めいだいまえ》乗り換えにする。より道を思いついたのは、昨日の夜になって黒河がクローゼットの一角を遼用にと空けてくれたからだ。笹塚《ささづか》でさらに乗り換えてから、着替えを取りにいくので遅くなる旨を車中からメールする。帰宅予定をメールするのが、たった三日ほどで習慣になっている自分に、

（おっと、危ない）

うっかりすると口元が緩みそうになる。それをマフラーの内側に隠しながら、遼は弾んだ足取りで地元駅に降りた。こんな気持ちで駅前の光景を眺めるのは、夏に母親が帰ってきたとき以来だ。

「あ、そうだ」

荷物が増える前にと、遼は駅前のドラッグストアに立ちよった。目についた栄養剤を試しに何種類か買ってみる。体調はほとんど回復した黒河だが、このところよく眠れないのか、目の下にうっすらとクマができはじめていた。仕事が少々立て込んでいるのだという。

（こーいう滋養強壮剤って、夜にも効いたりするのかな……）

なんてこともうっすら考えつつ、ついでなので歯ブラシなどの日用品も新調してから、ほぼ一週間ぶりで自宅マンションのエントランスを潜る。

黒河からのメールが返ってきたのはちょうどそのときだった。

『帰宅予定は十九時頃。あんま遅くなるようなら、車回すから言えよ』

そんなには遅くならない予定、と再度返してから、遼は鼻歌交じりにお気に入りのボストンバッグに衣類を詰め込みはじめた。気分によって掛け替えているメガネもいくつかメッセンジャーバッグに放り込んでおく。ちょっとした旅気分で荷造りを終えたときには、もうすっかり日が暮れていた。

「んー……タクシーかな」

両手にボストンとトランクを持ち、さらにメッセンジャーバッグをショルダーしている状態で、これからはじまる夕方のラッシュに突っ込む気力はさすがにない。時間的に黒河はまだ会社にいるはずだし、帰宅を待って車を回してもらうにはタイムロスが大きすぎる。

大荷物で家を出ると、遼は歩いて三分の甲州街道でタクシーを拾った。空いていれば十五分ほどの道のりを、金曜の夜という時間帯もあってか三十分近くかかってようやく麻布に到着する。

その時点で、時計は十八時を指していた。

「ただいま」

(……とかナチュラルに言ってるし)

玄関を開けるなり、口にしている自分に気づいてこそばゆい気持ちをしばし味わう。先ほど自宅に帰ったときは出なかった台詞が、ここでは自然と口をつくようになっていた。リビングにはよらず、廊下の突きあたりから黒河の寝室に入り、さっそく荷物の解体にかかる——も。

（あれ、黒河さん帰ってる？）

どこからか耳馴染んだ声が聞こえてきて、遼はベッドに置いたトランクから手を引いた。

ふいに自分の名前を聞いた気がして、声の聞こえてくるバルコニーへと忍びよる。カーテンの隙間から外を窺うと、何やら物憂げな様子で柵《さく》にもたれている黒河が見えた。

「だーから、そーいうんじゃねーって。おまえと一緒にすんな」

どうやら電話中らしい。気安い口調から、親しい相手との通話なのが知れる。

こんな時間に帰っているところを見ると、予定より早く仕事が片づいたのだろう。自分が話題に上っていた気がしてついつい歩みよってしまったのだが、これではまるで盗み聞きだ。慌てて立ち去ろうとしたところで、

「欲情？　するわけないだろ。相手はガキだぞ」

（え――）

思わぬ発言に足が止まる。

鉛を飲み込んだように、一瞬で息が詰まった。身動きできないまま、会話の続きを聞かされる。

黒河の口調はいつもと変わらず軽妙だったが、話の中身は遼にとっては重いものだった。

「やー、だって放っとけねーだろ？　知ってて野放しにしてたら大人としてどうなのっつーか。あーそう、ね。言うなればボランティア？」

（ボランティア……？）

会話の主旨は疑うまでもなく、自分のことだ。

「決まってるだろ、俺は青少年をいかがわしい目で見たりしねーよ。誰かと違ってな。だから保護してるようなもんだって。恋愛？　そんな余地あるわけないだろ」

（あるわけ、ないんだ……）

行き場がないから、同情したから囲っているんだと——。

誰かに向けてくり返される主張を、遼は立ち竦んで聞くしかなかった。窓ガラスの向こうで大儀そうに喋る黒河を、ただ開いているというだけの視界で捉える。

自分が本当はどう思われていたか、そうやって黒河の口から聞かされるのはひたすら痛かった。

でも考えてみれば、黒河の言葉に嘘はない。

一緒にいて欲しいとか、帰したくないとか、そうは言われたが。

（一度も好きだなんて言われてないもんね）

黒河からは冗談みたいなキスを一度されただけで、あとはひたすら回避され続けている。

最初の晩も、本当に酒の勢いでしかなかったのだろう。抱き枕だって、あの日熱に浮かされての行為が惰性で続いているだけかもしれない。しつこく子供扱いされるのも、

（本当にガキだと思われてるから）

要するに黒河は、可哀想な子供にボランティア気分で手を差し伸べたにすぎないというわけだ。その子供がひねてて、大人の言うことを素直に聞かないから、甘言《かんげん》を弄《ろう》しただけで。

わかってみれば単純な構図だ。知らずに心を開いた自分が、当代一のマヌケに思える。黒河の胸中にたとえ善意しかなかったのだとしても、自分が欲しかったのは同情ではない。

「サイアクだよね……」

こうならないよう、ずっと目を逸らしてきたのに。

胸のうちに誰も立ち入らせないよう、長らく警戒してきたのに。

(また一人じゃん、俺)

一度温もりを知ってしまったがために、これからはもっとつらい夜になるだろう。

――だが予期していた悲しみよりも、憤《いきどお》りの方が先に湧いた。この先いつまで茶番を続ける気だったのかは知らないが、どう終わらせるかは自分に決める権利があるはずだ。

バルコニーのガラス戸を引くと、黒河がはっとこちらに目を向けた。

即座に振りかぶり、腹の底に力を込める。近隣中に聞こえるだろう大声で、

「黒河審哉《しんや》の×××野郎ッ」

そう叫ぶのと同時、顔面めがけてキーリングを投げつけた。

直後に踵《きびす》を返したので、背後で聞こえた重い音が命中の証なのか、それとも柵にあたっただけなのかわからないまま、遼はすぐに部屋を飛び出した。

6

夜の街をあてもなくうろついて、やがていき着いたのは黒河《くろかわ》と出会ったあのバーだった。

(すべては、ここからはじまったんだよね)

あの日、ここで会わなければ——。もしくは酔い潰れた黒河を見捨てていれば。

いまここでやさぐれることもなかったのにと思いながら、ジンジャーエールの瓶を呷《あお》る。強めの炭酸に喉をいたぶられて、痛い何かが胃に落ちていく。味なんてわからなかった。

こういうとき酒に逃げられないのが、未成年のつらいところだ。

年齢なんて一度も言ったことないのに、マスターが遼《りょう》に酒を出すことはなかった。もっとも普段は遼も、年齢より上に見える服装を心がけてこの店を訪れる。登校時のまま、高校生じみた格好をしているいまの自分ではなおさらだろう。——でも、こういう方が食いつきがいい日もある。

若作りだと思ったらしい輩に、もうすでに何度か声をかけられていた。いまひとつ食指が動かなくてどれも適当にあしらって終えたが、そろそろ動いてもいい頃だろう。

こういう場所では、人を見る目がモノを言う。その点にかけては見誤らない自信があった。返せば、とびきりタチの悪い男をセレクトするのも容易いというわけだ。

(めちゃめちゃにされたい気分だし)

いつもは真っ先に弾くだろう、軽薄そうな二人連れに近づくと、遼は自分からモーションをかけた。ガキには興味ないと返されたので「テクはすっかり大人だけど?」と、これ見よがしに舌なめずりしてみせる。片方が乗り気になったところで、

「ちょっと味見してみない?」

視線だけでトイレを示すと、積極的だった方がすぐに席を立った。

表向きは渋っていた相棒だが、立ち去る連れに意味ありげに目配せしたのを遼は目の端で捉えていた。あとからくる気でいるのか、それともホテルから合流するつもりなのか。いずれにしても、釣果《ちょうか》としては充分だ。

肩を抱かれて「レストルーム」の表示板を潜る。個室に入るのかと思ったら、男は遼を洗面台の方へと誘導した。顔の横に手をつかれ、壁際に追い詰めるような体勢を取られる。

「いつもこんなことしてるんだ?」

「べつに」

決まり文句を曖昧な態度で受け流しながら、遼は男の首に手をかけた。

顔は悪くないが、遼の趣味ではない。容姿を鼻にかけた性格の歪みが、表情や動作の端々に滲んでいるタイプだ。こういう男は独り善《ひとよ》がりなセックスをする。遼がいま求めているのは、そういう中身のない行為だった。下らない肉欲の餌食になって、ボロボロになりたい気分だった。

キスしてこようとした唇を避けて、遼は男の首筋に顔をよせた。

銘柄がわかるほど沁みついた煙草《たばこ》の匂いが鼻につく。にわかに苛立って、遼は耳朶《じだ》に軽く歯を立てた。愛撫と勘違いした男が、くっと喉を鳴らして笑う。

（そういえば……）

黒河も、最初のキスは煙草の味がしていたのを思い出した。

遼はあまり煙草が得意ではない。自分で喫《す》おうと思ったこともないし、これからも興味は持たないだろう。何より煙いのが苦手だし、安煙草の匂いには吐き気すら催しそうになる。

（でも、黒河さんの指は）

嗅《か》いだことのない、不思議な匂いをまとっていたなと思い返す。

それにしても一緒にいる間、黒河が煙草を喫う場面には一度も遭遇していない。部屋には灰皿もライターもあったから、喫煙者なのは間違いないはずなのに。部屋に匂いはついていなかったから、バルコニーで喫う習慣があったのかもしれない。ただ、喫えば服につく残り香ですぐにわかる。

黒河から煙の残滓《ざんし》を感じたことは一度もなかった。喫煙者だったことも、いまになって思い出したくらいだ。風邪を引いたから、しばらく遠慮していたのだろうか。それとも、別の理由が……。

「何、上の空じゃん？」

逸れていた意識を引き戻すように、男の指がピアスを引っかけた。そのまま無造作に引っ張られて、無理やり首を傾けられる。「痛い」というフレーズにことのほか昂奮するタチだろう。こんな目につく場所ではじめたことから、自己愛と顕示欲の強さも窺える。

これはまたとびきりのクズをつかまえたなと、思った矢先にドアが開いた。てっきり男の連れが入ってきたんだと思ったら、

「リョウっ」

と誰かに名前を呼ばれた。次いで、その誰かが男を殴り飛ばす。

（え？）

ふいをつかれた男が遼の視界からフェイドアウトした。代わりに目に入ったのは、ブランドスーツを見る影もなく乱し、肩で大きく息をしている黒河だった。

「——人のモンに触ってんじゃねーよ」

苦しげな息でそう吐き捨ててから、「いくぞ」と腕をつかまれて強引に連れ出される。そのままの勢いで店を出ると、黒河は少し先に路駐してあったコルベットに遼を放り込んだ。

「何すんだよ……っ」

そこでようやく声を上げるも、運転席から返る声はない。助手席のシートベルトを待たず発進した車は、新宿《しんじゅく》通りを飛ばして四谷《よつや》方面へと進路を取った。あの家に連れ帰られるのだと気づいて、再度抗議の声を上げると「ふざけんな」と低く吐き捨てられた。

「あんなヤツに触らせてんじゃねーよ、バカ」

身勝手な台詞に、思わず頭に血が上る。

「知るかよ！　ていうか、怒ってるの俺なんだけど！」

「俺だって怒ってるっつーの！」

「はあ？」

埒もない言い合いを続けるうちに、右折したコルベットが外苑東通りに入る。

このままでは本当に連れ帰られてしまう――。黒河の魂胆がわかった以上、あの家には一秒だっていたくないのに。同情されて、ボランティア気分で飼われるなんて。

（冗談じゃない……！）

こちらを見ようとしない横顔を、遼は刺すようにねめつけた。

「ていうか、あんたに怒る資格なんてないよね？　あんな手で俺のこと騙《だま》しといて、俺のモンとか調子こいたこと言ってんじゃねーよ」

「電話の件は俺が悪かった。あれは全部、建前だ」

「何それ？　言い訳とか、いまさらどーでもいいんだけど」

「でもだからって、あんなバカに声かけることないだろ？　店なんてウロ覚えだったたから、あの辺のバー、片っ端から見て回ったんだぞ」

「だーから知るかっつの。もういいからその辺で降ろしてよ。じゃないと――」

窓開けて『誘拐だ』って叫ぶよ？　そう脅しをかけると、黒河はこともなく「やってみろよ」と返してきた。ちょうど信号が黄色に変わって、車のスピードが緩やかになる。

（タカ括ってると痛い目みるよ？）

窓を開けて全力で叫ぼうとしたところで、首根っこをつかんで引き戻された。同時に、シートベルトを外す音が聞こえて、

「……ンっ、ぅ……」

気づけばシートに押しつけられるようにして、キスされている自分がいた。

(なんで……)

信号待ちの先頭車両で、人目も憚《はばか》らず敢行されたそれは歩行者信号が点滅しても終わらなかった。前方の信号が青になり、背後からクラクションを鳴らされたところでようやく解放される。

シートベルトを戻した黒河が、速やかにコルベットを発進させた。

「…………何いまの」

横断歩道を三つほど越えてからようやく訊ねると、ステアリングを片手で回していた黒河が言い訳のようにぼそりと呟いた。

「おまえの口を塞ぐには、ああするしかねーと思って」

「って、あんた、誰にでもあんなこと……」

「するわけないだろ。おまえだからだっ」

おまえだからしたんだ、と二度目は静かにくり返されて、しばし声を失う。

(何……言ってんの、この人……)

バカらしいと思うも——。

これまでにしたどのキスよりも深く、激しかったそれは、そのまま黒河の心情を表しているようでもあった。

（そんなのいまさら……）

余韻の残る唇に手の甲を押しつけながら、遼はなおも声を出せずにいた。

押し黙った遼の様子を、横目で窺っていた黒河がダメ押しのようにさらに続ける。

「男でキスしたいとは思ったのはおまえだけだよ」

「……それもボランティアの一環？」

「違う。――さっきは傷つけたな。謝るよ。本当に……悪かった」

悔いの滲んだ声音は、演技とは思えない震えを孕《はら》んでいた。

じっと前を見据える面差しも、悔恨を示すように翳《かげ》りを帯びている。

「あれは本心じゃない。下らない意地を張って、心にもないことを言った。……いや、それだけでもねーな。あれは自分への戒めみたいなもんだ」

苦い顔でそう吐き出した末に、黒河がふっと皮肉げに口角を上げた。

「戒め……？」

「ああ。あんなふうに言い聞かせないことには、制御できる自信がなかったんだ。おまえはガキで、俺は善意でそばにいるだけなんだってな」

「どういうこと」

「――本音が知りたいか？」

黒河の眼差しが一度だけ振られる。小さく頷くと、車は途中の路地へと入っていった。

街灯が並ぶだけの住宅街を縫って、やがて公園のそばに出たところで鬱蒼《うっそう》とした木の下にコルベットが停められる。シートベルトが外される音に首を竦めると、「やめるか」と穏やかに問われた。

何をする気なのか、察しはつくが意図がわからなくて上目遣いに黒河を見やる。

「……やめたいのはそっちなんじゃないの？」

「まだそんなこと言うか」

「だって……欲情しないって言った」

「そうありたいと思ってたよ。でも、無理だった。――ったく、こっちが必死こいてガマンしてるっつーのに、いいだけ挑発しやがって」

「え」

意外な言葉に目を丸くすると、キスを盗むように唇が鼻先をかすめていった。さっきのキスよりもいまの方が気恥ずかしくて、一気に顔が熱くなる。それでもまだ、信じがたくて。

「……ホントに？」

つい食い下がると、「しつけー」と一蹴《いっしゅう》された。

「下心なしで、こんな暗がりに車停めるヤツいるかよ」

「わっ」

今度は待ったなしで肩を抱かれて、唇を塞がれる。

「ん……、ぅン……」

先ほどに比べたら緩やかな、けれど心の奥まで探られるようなキスは、黒河の気持ちをより的確に表していた。息継ぎを何度も挟みながら、飽くことのない舌がくまなく遼の唇を味わう。

いつ終わるとも知れないキスで唇を開かれながら、

（どうしよう……気持ちいい……）

頭の芯が蕩《とろ》けそうな心地に酔いしれる。

やがてそれだけでは終わらない、ゾクゾクとした痺れが腰の奥から首筋へと駆け抜けていった。

「……ん、っ」

甘い戦慄《せんりつ》に舌を竦ませると、黒河の手が肩から下へと体の稜線《りょうせん》をたどっていく。

肘からウエストへと移った掌に腰回りを探られて、思わず舌が跳ねた。それを宥めるようにますますキスが甘くなる。戸惑いと緊張が、すぐに陶酔で上書きされていった。

「ぁ……っ」

服の上から狭間を撫でられて、反射的に腰を引く。すでに兆しを見せているソコを、黒河はゆっくりと撫でさすった。生地越しに伝わってくる掌の熱が、黒河も昂揚していることを教えてくれる。それがたまらなく嬉しくて、遼は自らも黒河の肩に肘を載せた。

求め合うキスにシフトチェンジした遼の体を、黒河がいよいよ本格的に弄《まさぐ》りはじめる。

と、そこで——。

「……って、誰だよ、まったく」

無粋な着信音に邪魔されなければ、コトはここではじまっていただろう。

唇を外した黒河が、ダッシュボードに放ってあったスマートフォンを手に不機嫌な声を吹き込む。

「うるせー、放っとけ。よけいなお世話だ」

一方的に通話を終えた黒河が、その勢いで後部座席へと端末を放り投げた。口ぶりから「ショーゴさん？」と訊ねると、むっつりとした顔で首肯《しゅこう》する。

「えーっと……」

水を差されて、ようやく我に返った感が互いにあった。

唾液に濡れた口周りを手の甲で拭ってから、意識して「帰ろう」と口にする。

「あんたの家に、さ」

「——そうだな」

ポン、と遼の頭に手を置いた黒河がふわりと表情を和《やわ》らげた。

暗がりを脱したコルベットは、それから十分もしないうちに黒河のマンションに着いた。ともにエントランスを潜って、エレベーターに乗ったところで「えっ」と思いのほか大声が出てしまう。

「ていうか、それ」

照明の下で見た黒河の顔は、左の頬骨付近を赤く腫《は》らしていた。

「おまえ、コントロールよすぎ」

「嘘、ごめん。マジであたったんだ……」

黒河によると、咄嗟《とっさ》に顔をずらしたおかげで命中は避けられたものの、鍵部分が頬骨を弾くようにしてかすめたのだという。

こうして見るとけっこう赤くなっているのだが、バーでは黒河の登場があまりに突然すぎて、車内でも終始薄暗かったことや自分が右側にいたこともあり、ようやくいまになって気づいたという有様に、遼はしょんぼりと眉尻を下げた。

「痛い……？」

赤みに指を添えると、黒河が少しだけ頬を引き攣《つ》らせる。「何てことない」と黒河は言うが、帰ったら即冷やした方がいいだろう。好みの顔に傷がついているのは痛ましくもあり――。

(でも、ちょっと男ぶり上がったかも)

「俺ね、黒河さんの顔すげー好みなの。知ってた？」

「聞いた。初日に」

「えっ、てかマジで!?」

どうやらあの日の記憶は、いまだピースが欠けているらしい。

遼の背に手を添えてエレベーターを降りながら、黒河が「白状するとな……」とはじめた打ち明け話はその後、二人で風呂に入るまで続いた。

「黒河さん、俺にベタ惚れじゃん」

「……まあ、そういうことにしといてやるよ」

照れ隠しのつもりなのか、体についていたボディソープの泡を手荒くシャワーで流される。

あんなヤツに触られたんだ、隅々まで洗え——という厳命に従って、遼は先ほどから黒河によって全身を洗われていた。さながら、トリミングに出された犬のようである。

言いにくい、と顔中に書きながらも黒河が告白してくれたところによると、あの日、黒河が「酔い潰れた」のは、場を抜けるための演技だったのだという。介抱を口実に遼が近づいたときも、よけいなのがタカりにきたくらいにしか思っていなかったらしい。

それがなぜあんな、めくるめくひと晩に繋がったのかというと——。

最初は、遼の境遇に同情したのだという。家に帰りたくないなんて、ただの誘い文句だと思ってわざと突っ込んでみたら、意外にも神妙な様子で内心を明かす遼にいつの間にか引き込まれ、その口ぶりから嘘じゃないと思ったときには「気になってしょうがなくてな」。

懐《なつ》いてくる遼がだんだん「可愛く」見えてきた頃には、もう手遅れだったという。触れられても嫌悪が湧くどころか逆に滾《たぎ》る自身に疑問を覚えつつも、「ここで俺が降りたら、この子は違うヤツに声をかけるだけだろう」そう思うと、譲れない思いが強烈に込み上げて「手離せなかった」。

ちなみに遼はその時点で、顔が好みなことも明かしていたらしい。熱っぽい目で見られて、あれで落ちたようなもんだと黒河は言う。

キスからはじまって自宅での行為に至るまで、いや至ってからものめり込む自分を制御しきれず、思うさま快楽に浸りきったせいで、朝のうちは少々記憶が混濁していたらしい。その後、生徒手帳で遼の素性を知り驚いたものの、「自分を切ったからには今晩も相手探しをするに違いない」そう思うといても立ってもいられなくなり、そこから『手懐け作戦』が敢行された。

まずは手帳を盾に遼の身柄を確保し、懐柔を仕掛けるも可愛くない態度で反発されて「よけいやる気になったな」。強情で意地っ張りなところが、黒河には逆にいじましく見えたという。その後、風邪（は予想外だったらしいが）のおかげで軟化した遼の態度にますます魅了される自分がいて、その頃には「どうすればおまえを繋ぎ止められるか、それしか考えてなかった」。その手段が『合鍵』だったらしい。自分のところに戻ってくるか、半ば賭けだったので帰宅してソファーで眠る遼を見つけたときは、胸が震えたという。「やっと手に入った」——けれど。

尚梧《しょうご》に対して凜《りん》との関係をときに揶揄し、ときに批難《ひなん》（凜が欠席するのは尚梧が無理させた結果がほとんど）していた身としては、とても手を出せないと思ったらしい。——にもかかわらず、遼の攻勢は毎晩で、腕に抱いて眠る夜は生殺し状態だった……と黒河は嘆いた。苦悩する中、尚梧からの電話についヒートアップしてしまったのが、バルコニーの惨劇に繋がったわけだ。

近所中に聞こえるボリュームで不名誉な暴言を吐かれ、キーリングで負傷させられ……。

『まあ、それどころじゃなかったけどな』

あのあと黒河は木崎《きざき》に電話し、先週いったバーの場所と名前を訊き出してコルベットをかっ飛ばしたらしいが、何分酔っ払いの記憶だ。どちらも間違っていたせいで、無駄にあちこち駆けずり回るはめになったのだという。ただそこにいるという確証もなかったので、それらしい店のほとんどに顔を出し、繋がらない電話にかけ続け（マンション出た時点で電源落としてたからね、俺）ながら、ようやくのことであの店にたどり着いたら、あの状態だったというわけだ。

（そりゃ、キレるよね）

コトがはじまる前でよかった、と心から思う。

もう二度と、知らない誰かになんて触らせる気はない。

『俺はおまえが可愛くて仕方ない』

黒河のくれた言葉に、遼は甘いキスで応えた。

そこから火がついて、改めて……となりかけたところで黒河の厳命が下ったわけだ。

この家で暮らしはじめて十日近く経つが、一緒に風呂に入るのはこれが初めてだった。

洗われたお返しに、遼も黒河の体を洗った。ソコはいいと抗《あらが》う黒河の腕を押しのけて、緩く反応していた屹立を丹念に洗い清めた。やがてすっかり硬くなると、堪らなくなって、

「あ、バカっ」

許可もなく口に含みながら膝をつく。

（わ、フローラルの匂いがする）

ボディソープの芳香を鼻腔に吸い込みながら、遼は露出した先端に舌を這わせた。舌触りのいい粘膜を存分に味わってから、奥まで招き入れて喉を締めつける。息を呑む気配とともに、口内の分身がドクンと脈動した。

「ん……っ、ン、ぅ……」

息を漏らしながら、口からはみ出た根本を輪にした指で扱く。同時に浮き出た血管を舌先でくすぐると、またぞろ膨らんだソレが喉をついた。

生じょっぱい風味がじわっと口腔を充たす。

（よし、濡れてきた……）

顔を傾けて、喉から頬へと屹立を転がすと柔らかい内壁に先端が食い込んだ。括《くび》れに軽く歯をあてながら、頬の外から膨らんだ部位を撫でる。合わせて裏筋を舌先で刺激すると、黒河の手が遼の髪を撫でさすってきた。

（この辺、好きだよね？）

いっぱいに頬張りながら、上目遣いに様子を窺う。

半開きの唇から熱く息を零しながら、黒河がじっとこちらを見下ろしていた。眉間にシワをよせながら、快感に耐えているその表情にしばし見惚れる。この顔がもっと乱れるのを見たい――。

持てる限りの技を駆使して、遼はほどなくして熱い迸《ほとばし》りを喉の奥に受けた。

どこでこんなことを……と言いかけて、黒河が口を噤む。これまでの遍歴を物語るテクニックが、どうやら機嫌を傾けさせたらしい。

「ここに出せ」

そう言って差し出された掌に、本当は飲みたかった白い滴《したた》りを吐き出す。

ソレをどうするのかと思っていたら、浴槽に手をついて腰を突き出すよう言われたので大人しく従う。すると狭間を割られて、その隙間にトロリと唾液交じりの白濁を垂らされた。

「あ……」

襞《ひだ》を舐めるように動いていた指が、いきなり二本も中に突き入れられる。

たいして抵抗もなく入ってしまうのは、ここ三日ほど、毎日自分の指で慰めていたからだ。

「なんでこんなに解れてるんだ？」

背後からの詰問口調に「一人でシてたからに決まってんじゃん」と自己申告すると、いまここでやってみせろと言われた。

（指じゃもう、物足りないのに……）

黒河の指が抜けたそこに、自身の指を入れて捏《こ》ね回す。

上体を支えるために片手しか使えないのがもどかしくて、続けるうちに涙が滲んできた。とっくに反応して勃ち上がっているソコも弄りたいのに、これでは触れることができない。

「挿れてよ、黒河さん……」

甘い声でねだると、黒河が熟れた綻びに息を吹きかけてきた。それだけで腰を震わせた遼をさらに追い詰めるように、両手で開いた狭間に唇をよせられる。

「あっ」

指をガイドに奥まで舌を入れられて、内側の柔らかい部分まで舐められた。送り込んだ唾液をさらに奥へ押し込むようにまた指を使われて、いまや三本の指が窄《すぼ》まりを出入りしていた。

「あぁ……っ、ん……」

自分では届かない奥まで、黒河の指なら届く。自分では押せない角度で性感帯をスイッチされて、とろりと先端が濡れるのがわかった。甲高くなった声で察したのだろう、襞を掻き分けた指で執拗《しつよう》にソコばかりを狙われて、とても片手では自身を支えきれなくなる。

（も、無理……っ）

抜いた指で浴槽の縁をつかんだところで、

「——……っ、ぁッ」

前触れなく挿れられて、それだけで達したのかと思うほどの快感に見舞われた。浅い挿入を何度かくり返されて、張りのあるカリに前立腺を捏ね回される。その悦《よ》さに小さく鼻を鳴らすと、黒河がさらに角度をつけてきた。

「ひぁっ、あ……っ、ンん……っ」

律動に合わせて揺れていた屹立が、弄ってもいないのに涎《よだれ》を垂らす。

やがて浅い出し入れに慣れてきたところで、一気に奥まで開かれて。

「アぁああ……っ」

信じられないことに、それだけで達している自分がいた。

その間も、ガツガツと奥を掘られてさらに小さな絶頂を積み重ねられる。イッたことに気づかなかったらしい黒河が動きを止めるまで、遼はイかされ続けるはめになった。

——その後、中に一度放たれてから、軽くシャワーで流してそのままベッドへと運ばれる。これまでの禁欲ぶりが嘘だったように、獣のような交わり合いはいつ終わるとも知れなかった。

何度か体位を変えたのち、二度目の正常位で黒河に脚を開かれながら穿たれる。

「おまえ、挿れてるだけでなんでそんなイッちゃうの」

ごく緩いピストンだったにもかかわらず、軽く絶頂したのを張った爪先で察したのだろう。黒河が腰の動きを止めてから、どこか呆れた風情でそんなことを言う。

(そんなこと言われても……)

イッてしまうものはしょうがない。

黒河の屹立は相変わらず、笑えないほど遼のナカと相性がよかった。

抜き差しどころかひと突きだけでも背筋を電流が駆け抜けるのだから、挿れられている方としては堪ったものではない。

「あ、あ……ッ、も、動かさないで……っ」

再開された律動が、熟れきった内壁を掻き回す。

「動かさなくても、そっちが動いちゃうだろ。ほら腰が揺れてるぞ」

「あっ、ア……ッ」

「ったく、もう出ないなんて嘘だな。また何か出てきてるぞ」

「やっ、弄っちゃ……っ」

限界までイかされた屹立を撫でられて、もうそれが精いっぱいの粘液が漏れ出した。

「もう色はねーか。なんなら俺のと混ぜてみよーぜ」

後孔から沁み出していた白濁を指先ですくった黒河が、遼の先端に載せる。濁りを薄めるようにくるくると混ぜ合わされて、遼は声もなく首を打ち振った。

「……っ、ぅ……ッ」

その間も、黒河が腰を打ちつける乾いた音が止むことはない。

前立腺刺激で先端が蕩けるような快感を味わいながら、さらにそこを捏ね回される仕打ちに遼は泣きながら腹筋を引き攣らせた。

(あ、ゃァっ、ひ……っ)

気持ちよすぎてもうつらいのに、黒河はなおも快感を貪るべく腰の突き入れを深くしてくる。

もうどんな角度で突かれても感じてしまうので、どんなに腰を捻ろうとも容赦のない愉悦から逃れることはできない。ひと突きごとにイきながら、遼はシーツを握り締めた。

「……おまえは、ここにピアス入れても似合いそうだな」

言いながら黒河の指が、淫液に塗れそぼった縦目をなぞる。

（そんな、ところ……っ）

想像した途端、

「――……ッ」

これまでにないほど大きな絶頂に見舞われて、弄られていた箇所からピュッと粘液が吹き出した。漏れ出すほどしか残っていないはずの先走りがしぶくほどに、体のどこか深いところに官能の種を植えつけられた気がした。

そんな過敏なところに針を刺して、弄り回されたら――。

（あ、またイッちゃう……ッ）

飛び出した粘液が遼の腹をしとどに濡らす。

その様に煽られたのか、中の屹立がぐぐっとさらに容積を増した。

「こっちもいいんじゃねーか」

濡れた黒河の指で、ぷっくりと膨れた胸の尖りをつままれて捻じられる。

「ヒァ……っ」

今度は内腿を引き攣らせながら、遼はドライで頂点を極めた。絶え間ない律動と黒河の指戯で、もはやイッてないときがないほどに追い詰められる。

（早く、終わって……っ）

何度かそう懇願したのに許してもらえず——。

この日初めて、遼は情事のさなかに意識を飛ばすはめになった。

「あ、れ……？」

目が覚めてもまだ入っていたことに驚きながら、遼はパチパチと両目を瞬かせた。

黒河によると、十分ほど気を失っていたらしい。

「悪い、歯止め効いてない……」

と神妙な顔で謝られて、思わず苦笑してしまう。

（悪いなんて言いながら、体の方はまだやる気なくせに）

中に在る剛直はまだ硬くて、充分な漲《みなぎ》りで遼のソコを開いている。

風呂場で一度イかせたのは間違いだったと、いまならわかる。遼の記憶が確かなら、黒河はまだ二回しかイッていないのだ。保たせるための配慮なんて必要なかったわけだ。

「……こんなにイッたの、初めて」

相性もあるのだろうが、黒河とのセックスはほかの誰とヤッたときよりも強烈な快感を遼の身にもたらす。おかげでもう出るものなんてないのに、特注で誂えたかのような黒河の屹立はまだ遼を許してはくれない。いまだって意識して締めつけるだけで。

「あ……、ン」

軽い絶頂が、痺れたようになっている先端を蕩かせる。小さく呻いた黒河が、またぞろ中で膨らみを増した。禁欲期間があったせいか、黒河の性欲は留まるところを知らない。

(こんな衝動、ずっと飼い殺してたんだ)

飄々とした態度からはまったく窺えなかったが、日に日に濃くなっていたクマを思えばやはり無理させていたのだろう。——そういえば今日買った滋養強壮剤だが、モノによっては勃起が収まらなくなるという話なので、あれはしばらくどこかに隠しておこうとひそかに決める。

「——シンヤ」

ふい打ちで名前を呼ぶと、中にいる分身が如実な反応を示した。

「って呼ぶから、俺のこともまたリョウって呼んで？」

初めての日以来、黒河には「おまえ」としか言われた覚えがない。

あの店では咄嗟に口をついて出たらしいが、それからはまた逆戻りだった。

(おまえって言われるのも、実は好きなんだけど)

できればやはり、名前で呼ばれたい——。だがこうして待ち構えられると、ひどく言いにくいというのもわかる。「あー……」と声を弱らせた黒河に、遼は代替案を持ち出した。

「じゃあ、好きって言ってよ」

「……待て。ハードル上がってんだろうが」

「そう？　俺なんか、何回でも言えちゃうけど？」

好き、と何度もくり返しながら、遼は腕を開いて黒河の首筋にかけた。

引きよせた耳元に囁きを吹き込みながら、胸にある思いをさらに自覚する。黒河もだが、考えてみたら自分もこんなふうに、思いを口にしたことはなかった。

（たった二文字でよかったんだ）

それすら知らないくらい、自分が世間知らずだったことを痛感せずにはいられない。

凜に偉そうに恋愛指南なんてしていたけれど、実はこんな初心者クラスだったなんて。明日からは凜に教えを請《こ》わなければと思いつつ、遼はくすぐったい心地で首筋に抱きついた。

ずっと憧れてきた眩しさが、いまこの腕に在ることを――。

誰にともなく感謝しながら、遼はもう一度「好き」とくり返した。

エピローグ

翌日の土曜に催された学業研究会に、黒河《くろかわ》は尚梧《しょうご》と連れ立って現れた。

くるとは聞いていたが予定よりもだいぶ早い到着に、慌て気味に階段を駆け下りる。

（つーか、早く着くなら一報入れてよっ）

来賓向けの行事といえど、出入りのチェックはそれなりに行われる。父兄の場合、生徒を通じて事前申請するのがほとんどなのだが、当日になっての申請も可能——なんてうっかり口を滑らせちゃったのが運の尽きだった。事前申請の場合、受付で引換券を渡せば入場券代わりのリボン徽章《きしょう》をもらえるのだが、当日申請の場合はそうはいかない。生徒自身が出迎えて手続きを取ることでようやく徽章を渡されるので、受付まで足を運ぶ必要があるのだ。

来賓客でごった返す昇降口を抜けてから、出てすぐの右手に設置された受付に歩みよる。係員に指示されるまま申請用紙に記入していると、「よう」と背後から声をかけられた。振り向くと、休日だというのにスーツを着込んだ尚梧がそこにいた。凛《りん》が申請した分ですでに受付を済ませたらしく、その胸には青いリボンが留められている。——無言で周囲を窺うも、黒河の姿はない。

見なかったフリで受付に向き直ると、遼《りょう》は速やかに申請を終わらせた。

「シカトか、こら」

「だって俺、あんた迎えにきたわけじゃねーもん。で、黒河さんは？」

渡された徽章を手にひとまず受付から離れて、昇降口の扉にもたれる。隣に並んできた尚梧に一瞥をくれると、顎《あご》で門外を示された。どうやらコルベットを停めるべく、辺りを奔走しているらしい。

今日の来賓数を考えると、この近辺の駐車場は全滅ではないだろうか。

（どこまでいっちゃったかなぁ）

こんなことならゆっくりくればよかったと思いつつ、不本意ながら尚梧と並んで黒河を待つことにする。凜は委員会での発表を午後イチに控えているため、午前中のいま、二人を案内できるのは自分しかいないというわけだ。

「で、あの朴念仁《ぼくねんじん》とはヤッたのか」

「べつに、あんたに言う義理ないよね」

物見高い視線を鬱陶《うっとう》しげに見返してから、ふいっと顔を背ける。こうなると思ったから嫌だったのだ。昨日の今日で、尚梧と顔を合わせて揶揄われないはずがない。黒河がどこまで話したかは知らないが、尚梧の顔には大きく『面白いことになった』と書き込まれている。

気分的には案内図だけ渡して、勝手にしなよと放り出したいところなのだが、そんなことをしたら凜に怒られるのは自分だ。当初の予定では昼前に着いた尚梧たちを発表の場である講堂に案内して、自分はさっさとどっかに姿を晦《くら》ます気でいたのだが、まさか一時間も早くくるとは。

「いちおう、こないだの礼は言っとくな。あのときは助かった」

恐らくは風邪の一件だろう、尚梧の言葉に「まあ……」と曖昧に頷くと、「それにしてもなぁ」とあっという間に話を戻された。

「おまえのどこがいいのか、俺にはサッパリだ。蓼《たで》食う虫も好き好きってヤツか」

「俺も凛に眼科勧めようか、真剣に悩んでるよ、最近」

減らず口にここぞとばかり憎まれ口を返すと、尚梧が吐息だけで笑った。

ふわりと広がった白い息が、風に流されて目の前をよぎっていく。

「何にしろ、あいつに禁煙させたのはおまえが初めてだ」

「そりゃ、どーも」

これも昨日聞いたことなのだが、出会ったあの日に、遼は煙草が苦手なこともカミングアウトしていたらしい。黒河なりに葛藤《かっとう》はあったというが、それがきっかけになって禁煙に踏みきれたと聞いたときはやはり嬉しかった。聞けば相当なチェーンスモーカーだったとのことなので、なおさら。

(知らないうちに、ずいぶんプライベートに食い込んでたんだね)

それにしても北風が身に沁みる。黒河を待たねばならない自分はともかく、尚梧までこんな屋外にいることはない。中にラウンジがあるのでそこで待てばと提案してみたものの、なぜか尚梧はここに留まることを選んだ。

「講堂って、クラス棟の左手にあるんだよな」

「そうだけど」

校内図を広げた尚梧が、一人で位置確認をはじめる。

特に話が弾むわけでもないので、その後の沈黙を放置していると、

「そんじゃ、俺は消えるとすっか」

おもむろに尚梧がそんなことを言いはじめた。

「え、でも案内しろって凜に言われてるし」

「いらねーよ。学祭ンときに回ったから、だいたいわかる。それに」

視線で示されて校門を見ると、寒そうに背を丸めた黒河が入ってくるところだった。

「――あのしょーもないの、頼んだぞ」

言いながら背中を叩かれて、このタイミングを待っていたのかと思わず苦笑してしまう。

「オッケー、任せて。ていうかそっちこそ、凜のこと泣かせないでよ？」

誰に言ってるんだ、と顔を顰めた尚梧が昇降口に向かうのを見送る。「あと、うちのシンヤもいじめないで」とつけ加えると、背中を向けたままヒラヒラと手を振られた。

果たしてあれは了承のサインなのか、それとも拒否を意味するのか。謎なところだ。

「悪い、待たせた」

駆け足で到着した黒河の胸に、まずはリボン徽章をつける。

「あれ？　尚梧のヤツは」

「いっちゃった。――あの人ってさ、通り魔的なタイミングで優しくなるよね」

素直な感想を口にすると、黒河は意味がわからないとばかり首を傾げてから眉を顰めた。

「いまビミョーに褒めたな、あいつを」

「まあね」

肘を引いて校内へと促しながら、さりげなくそのまま腕を組む。

コートの袖から覗く手首にレザーブレスを見つけて、思わず頬が緩んだ。

それを作ったのは自分だと明かしたら、「なんなら揃いでつけるか」と言われて、予想以上に嬉しかった昨夜の気持ちを思い出す。今日は帰りにその材料を見繕うことになっていた。

自分用には同じカラーリングで、チョーカーを作る気でいる。首輪っぽくてよくない？　と笑ったら、「できれば本物の首輪で繋いでおきたいくらいだ」と黒河には真顔で言われてしまった。

（あれはけっこう本気だった、よね？）

黒河の本音とフェイクの境界は相変わらずわかりにくいけれど、何となくだが遂にはその差がわかるようになってきていた。空っとぼけて本心を隠すのがうまい男だが、よくよく目を見れば本意が透けて見えている気がするのだ。

隣でいまだ物憂げな顔つきでいた黒河が、これみよがしに深い溜め息をついた。

「なんで俺が好きになるヤツは、あとから尚梧に目移りすっかなぁ」

力ないぼやきに「カヨコもそうだったし……」と続いたので、「それって渡米した彼女？」と訊ねると、大きく頷かれた。

「そーそ。あいつも俺の前でちょくちょく褒めんの、尚梧のこと」

あれも堪えたなぁ……としょげてみせる黒河に、遼は内心だけでほくそ笑んだ。

（それって単に、そういう反応を楽しまれてただけなんじゃゃ……）

「――ていうかいま、俺が好きになるヤツ、って言った？」

数秒遅れで気づいたその「事実」に、慌てて横を見ると黒河がいまさらといった風情でニヒルに笑ってみせた。

「言った。いま気づいたか」

「いま気づいた」

けっきょく一度も言ってもらっていないソレを、「聞きたい、聞きたい」と昨夜あれからもずいぶんねだったのだが、もったいぶった黒河にお預けされていたのだ。

大人はここぞというところで言うから出し惜しみするぞ、などと屁理屈を言っていたくせに。

「俺、昨日一〇〇回くらい言ったと思うから、あんたももっと言うべきだと思う」

それもそんな微妙な織り込み方でなく、ストレートで――。

そうリクエストすると、黒河はさも面倒そうに鼻にシワを集めた。それから。

「ったくワガママだな、リョウは」

「！」

（そっちでくるとは……ッ）

好きと同じくらい欲しがった呼び名を、こんなところであっさりくれる黒河の天《あま》の邪鬼《じゃく》ぶりには、閉口したくなる。と言っても閉じた口の端は、ニンマリと吊り上がっているのだが。

「——シンヤ、大好き」

愛情の変化球にストレートを投げ返すと、ややして黒河の「……参った」が入った。

「おまえのそういうとこにゃ、敵わねーよ」

「でしょ？」

ニッと笑いかけると、苦笑しながら鼻をつままれた。

黒河の腕にぶら下がったまま、教室に顔を出してクラス企画の小冊子を受け取る。いつでも帰れるよう荷物も引き取ってから、遼は食堂に足を向けた。講堂ではそろそろ、凜が委員会発表でマイクを握っている頃だろう。そちらが目的だった尚梧と違い、黒河はなぜか学校のあちこちを見たがった。

遼が普段どんなところでスクールライフを送っているのか、自分の目で見たかったのだという。

（こんな日にきても騒がしいだけなのに）

校内の各所で催される発表会に合わせて、移動する人波が絶えることはない。食堂の利用者も半数近くは来賓だった。いつもの雰囲気とはまったく違う校内を見て、何の参考になるのやら。

朝から何も食べていないという黒河のために定食の列に並んでいると、後ろに並んだクラスメイトに「誰あれ、カレシ？」と肩を叩かれた。校内に入ってからもう何度目かになる詮索に笑顔で、「そ、マイダーリン」と肯定しておく。遼の軽口に慣れた友人らは誰も本気にしないまま、「お幸せに」なども背中を叩いて笑うだけだ。いつもの調子で軽くじゃれ合ってから、遼は定食を手に席を取っていた黒河のところに戻った。が、なぜか黒河の機嫌がいやに傾いていて少々ビビる。

「お待たせ。つーか何か、怒ってる……？」

「いや……ヤキモキしてた尚梧の気持ちが少しだけわかった」

どうも級友らとのやり取りに妬いていたらしいと気づいて、思わず吹き出しそうになった。なるほど、そういう面での生活ぶりが知りたかったということか。

「安心してよ。俺、年上好きだし。いま好みのタイプ訊かれたら『シンヤ』って答えるし？」

「……おまえは殺し文句の天才だな」

「でっしょー？」

今度は顰め面で鼻をつままれた。それでも目の奥が笑っていたのを、遼は見逃さなかった。

定食に箸をつける黒河の向かいで購買部のパンを開けていると、黒河がおもむろに胸ポケットからスマートフォンを取り出す。ちらりと見えた画面表示で、木崎《きざき》からのメールらしいことを知る。

「いまさらかもだけど、ひとつ懺悔」

以前、木崎からのメールを開封してしまったことを告げると、黒河は「知ってる。それであいこだよな」と笑って流した。見たのがバレないよう、いちおう「既読」から「未読」に表示を変えておいたのだが、とうに気づかれていたらしい。

「――また何か、頼まれごと？」

つい尖ってしまった声音に、黒河が「まあね」と平然とした顔で返す。先日のメールといい、呑み会での言動といい、あれって友人なの？　と質した遼に黒河は「いや？」と口元を歪めてみせた。

「いい情報源だからキープしてんだよ」

「え？」

「あいつに限らず、高校時代のメンツはだいたいそうだけどな」

黒河曰《いわ》く、有用な情報を無自覚に流してくれる人材と呑みにいくのが「趣味」なのだという。いろいろ重宝してるよ、という人の悪い笑みに、遼は黒河のタチの悪さを垣間見た気がした。

（そういうとこがますます好き、なんて俺も性格悪いのかな）

木崎たちとの関係が実はギブアンドテイクだった、と聞かされてホッとする一方。

（でも――……）

もうひとつの危惧はそのままなんじゃないかと思い至り、続けて探りを入れてみることにする。

「黒河さんて、努力してても周りにそう思ってもらえないタイプじゃない？」

「おう、昔からな。なんでか楽々こなしてると思われんだよなぁ」

そう明かす口ぶりさえ飄々としていて、とても本心とは思えない軽さなのだが。

（目が笑ってない）

合わせた眼差しは、うっすらとだが疲弊を滲ませていた。

「ま、親にすらそう思われがちだったからな」

いつしかそのイメージが定着しちまった、と笑う黒河の手に、遼は自身の掌を重ねた。

「でもちょっとカッコイイだろ？　だからまあ、自分でイメージを維持してた部分も少なからずあるっつーわけ。高校時代なんか特にな。でも大学に入って……」

初めにそれを見抜いたのが、尚梧だったのだという。

出会って間もない相手にポーズだと見破られたのが悔しくもあり、嬉しくもあり。その頃から尚梧に対する自分の気持ちは複雑なのだと、黒河は苦く笑ってみせた。

「ちぇ……おまえにもバレてるとは思わなかったな」

「でも俺、どんな黒河さんでも好きだよ？」

計算高いところも、カッコつけなところも。

変なところで抜けてたり、子供じみてるところも――。

「全部、好き」

目を合わせたまま言葉にすると、黒河が苦言を呈するように眉間に深いシワを刻んだ。

「……おまえのソレはもうちょっと、時と場所を選べ」

「どうして？」

「この場で押し倒したくなるだろ」

囁き声の小言に「じゃあ、学校でシちゃう？　それとも車で移動する？」と返すと、黒河が心底弱ったように「――降参だ」と苦しげに零した。

あとがき

こんにちは、桐嶋《きりしま》リッカと申します。

今作ははからずも桐嶋史上もっとも古い話と、もっとも新しい話が一冊になるという、自分にとっては感慨深い一冊となりました。表題作とスピンオフとで雰囲気などだいぶ異なるかと思うのですが、どちらでも楽しんでいただければ嬉しい限りです。


こうして皆さまのお手元に届くまで、各所で携わってくださったすべての方々に感謝を。お忙しい中、麗しいイラストをご提供くださった古澤《ふるさわ》エノさま。本当にありがとうございました！　それから、放っておくとダークサイド一直線な私を、毎度ながら目映い方角へと導いてくださる担当さまには全方位土下座を……。

執筆中の私を傍らで支えてくれる猫と家族、心優しき友人たち。そして何より、読んでくださった皆さまに、止め処なき愛と感謝を捧げます。ありがとうございました。

それではまた近く、お目にかかれることを祈って――。

桐嶋リッカ

初出

初恋のソルフェージュ ———— 2007年 小説リンクス4月号を加筆修正

真夜中のソナチネ ———— 書き下ろし

この本を読んでの
ご意見・ご感想を
お寄せ下さい。

〒151-0051
東京都渋谷区千駄ヶ谷4-9-7
(株)幻冬舎コミックス　小説リンクス編集部
「桐嶋《きりしま》リッカ先生」係／「古澤《ふるさわ》エノ先生」係

リンクス ロマンス

初恋のソルフェージュ

2013年1月31日　第1刷発行

著者……………桐嶋《きりしま》リッカ
発行人…………伊藤嘉彦
発行元…………株式会社　幻冬舎コミックス
〒151-0051　東京都渋谷区千駄ヶ谷4-9-7
TEL 03-5411-6434（編集）
発売元…………株式会社　幻冬舎
〒151-0051　東京都渋谷区千駄ヶ谷4-9-7
TEL 03-5411-6222（営業）
振替00120-8-767643
印刷・製本所…共同印刷株式会社
検印廃止

ISBN978-4-344-82663-2 C0293
Printed in Japan

幻冬舎コミックスホームページ　http://www.gentosha-comics.net